I STOLE MY GENIUS ... ER'S BRAIN

天才姐姐和我

[英]乔·西蒙斯 / 著

高 源 / 译

得分！

保持做基思！

21 二十一世纪出版社集团
21st Century Publishing Group

图书在版编目（ＣＩＰ）数据

天才姐姐和我 /（英）乔·西蒙斯著 ；高源译. --
南昌 ：二十一世纪出版社集团，2022.1（2023.10重印）
 ISBN 978-7-5568-5635-0

 Ⅰ．①天… Ⅱ．①乔… ②高… Ⅲ．①儿童小说－长
篇小说－英国－现代 Ⅳ．①I561.85

中国版本图书馆CIP数据核字（2021）第251614号

I STOLE MY GENIUS SISTER'S BRAIN
Text copyright © Jo Simmons 2020

版权合同登记号　　14-2021-0192

天才姐姐和我
TIANCAI JIEJIE HE WO

[英]乔·西蒙斯/著　高　源/译

出 版 人	刘凯军
项目统筹	闵 蓉
责任编辑	简欢欢
策划编辑	李秋玥
特约监制	孙淑慧
出版统筹	慕云五　马海宽
出版发行	二十一世纪出版社集团
	（江西省南昌市子安路75号　330025）
网　　址	www.21cccc.com
印　　刷	文畅阁印刷有限公司
开　　本	880 mm×1230 mm　　1/32
印　　张	4.75
字　　数	100千字
版　　次	2022年1月第1版
印　　次	2023年10月第4次印刷
书　　号	ISBN 978-7-5568-5635-0
定　　价	28.00元

赣版权登字 -04-2021-997　　　版权所有，侵权必究

目录

第 一 章　成为敏就可以　　　　　　001

第 二 章　我要偷走敏的大脑　　　　008

第 三 章　漏　勺　　　　　　　　　013

第 四 章　催　眠　　　　　　　　　021

第 五 章　脑波传导　　　　　　　　027

第 六 章　我也是天才？　　　　　　033

第 七 章　申请参赛　　　　　　　　038

第 八 章　天才的行头　　　　　　　043

第 九 章　赛前准备　　　　　　　　048

第 十 章　去试镜　　　　　　　　　052

第十一章　初次见面，请多关照　　　057

第十二章　我过关了　　　　　　　　061

第十三章　敏的建议　　　　　　　　067

第十四章　初赛前一日　　　　　　　073

第十五章　明星选手　　　　　　　　077

第十六章　数学比赛　　　　　　　　081

第十七章　单词与常识　　　　　　　085

第 十 八 章　爸妈知道了　091

第 十 九 章　粉丝聚集　095

第 二 十 章　只有敏可以去?　101

第二十一章　如何帮助敏　105

第二十二章　我给敏上课　110

第二十三章　去老基思那里，都去　117

第二十四章　健康嗅探器　121

第二十五章　决赛开始　126

第二十六章　基思出马，好戏开场　130

第二十七章　识破帕特森　135

第二十八章　结　局　139

第二十九章　多有趣的一天　144

第一章
成为敏就可以

基思被一阵尖叫声吵醒。

"啊啊啊啊啊啊啊啊啊啊啊啊啊啊啊啊啊——"

他很快就发现一大早在尖叫的人是他的姐姐——敏。

接着,更多的尖叫冲进他的耳朵,这回声音听上去更近了。

"幸运袜袜袜袜——子!"敏对着他的脸咆哮道。

"哇哇哇哇哇哇哇——"基思也以尖叫回应她。

似乎嫌热闹还不够似的,又有第三种尖叫声加入进来了。声音来自楼下。

"敏——利索点儿!我们可不能迟到!"是妈妈。

妈妈的话让敏叫得更厉害了,她直挺挺地站在那儿,嘴张得活像一条大隧道,"啊啊啊啊"个不停。于是基思也只好跟着她叫。他在自己的床上盯着她,不光张着嘴,还把眼睛睁得溜圆。

接着,如尖叫开始时那般突然,敏和基思的叫声都停止了。

"啊,刚才真是群魔乱舞。"基思说,"不过,咱们在叫什么?"

"我丢了我的幸运袜子，真是要命！14岁以下国际象棋比赛和爱尔兰舞蹈比赛都到决赛了，我必须取胜！"敏脱口而出，"快点儿，快点儿，帮我找找，别像根木头一样躺着。你难道打算躺一天吗？"

"有可能。"基思说。

"我的天哪！"敏咆哮道，"我都不记得上一回爸爸妈妈允许我干躺着是什么时候的事了。起床起床！帮帮我！"

基思爬下床，打算随便找双袜子扔给姐姐。

"是这双吗？不是？那这双呢？"他问。

"滚开，你别添乱了！"敏吼道，把袜子扔回给基思。

"也许是这双呢？"基思说。袜子正中敏的面颊。

"你个小……"

敏抓过一只枕头，正打算往基思的头上砸，这时妈妈突然出现了。她手中挥舞着一双有独角兽图案的绿色袜子，兴奋地说："找到了，在你的量子物理学课本下面。"

说完，她又立刻严肃起来。

"你们是在打闹吗？敏，你没有时间用来瞎折腾，从来都没有。天才儿童是永远都不会跟人打打闹闹的。咱们走，走，走！爸爸已经在车里了。胜利在等着我们，抓紧了！"

妈妈急匆匆跑到楼下的走廊里，接着又立马冲回来，朝基思房间伸头说道："对了，早上好，基思。我们要出去，到晚上七点才回来。冰箱里有面包，你可以当早餐吃。"

说完她就又走了，基思跑过去追她。

"等等，妈妈！我得跟你谈谈在巴黎召开的发明家大会。我搞清楚了，只要 500 英镑就可以去。"

"别再提这事了，基思。那个大会太远了，花销也太大了。"

"可是我在那里能学到很多东西。咱们可以全家一起去，就当度假了！"

"我以前说过，现在再说一遍，不行。"妈妈说完，在身后砰的一声关上了门。

"再见……"

基思听见家里的车开走了。他走回房间，躺在床上，梦想着巴黎的发明家大会。他是多么想参加那个大会啊，想得抓耳挠腮。那些妙不可言的通向未来的发明，还有来自全世界的了不起的发明家……也许他们会捎带着看一眼他的小器械和小创意呢！

接着他又梦想着家人会突然间回来，说："我们改变主意了，咱们就一起度过这一天吧，好好玩玩。还有，基思，你当然可以去发明家大会。我们现在就订票。"

基思在床上继续躺了一会儿。没人回来，他还是孤零零的一个人。父母和姐姐敏一大早就赶去参加比赛，大周末的把他自己留在家里，这种事已经不是一次两次了。爸爸妈妈热衷于让敏去参加各种各样的比赛，像是芭蕾、剑术、蒙眼跳房子、弹琵琶、扔木桩……总之就是任何让敏得一大早起来去拼搏的事情。敏是一个神童，天赋异禀。好吧，基思才不在乎。他有他自己的兴趣，比如他的"极端重要的实验和发明"。

基思爬下床，检查了一下他最近的实验——他想看看如果脚指甲不再附着在脚指头上，是否还会生长。他把剪下来的脚指甲分别放入装了水的玻璃杯、一盆土和一截香肠里，他对最后者寄予厚望：香肠如此富有营养，对指甲而言应该会是绝好的培养基。

在这个实验之前，他还做过观察蠕虫是否会游泳的实验（它们不能）。

还有香蕉放在暖气片上是否会融化的实验（它们不会）。

还有能否把蛋奶糊冻住的实验（哦耶）。

基思把他的发现草草记录在《极端重要的实验和发明》日志里："星期天早上七点，没变化。"

随后，一个闪闪发光的东西吸引了他的注意力——是敏房间的钥匙，它正躺在他房间的地板上。这钥匙应该是她在这里拼命尖叫的时候从她口袋里掉出来的。敏不管在不在屋子里都会锁上自己的房门，基思差不多两年没进去过了。他并不在乎，他对敏的天才生活没有那么好奇，尽管有时候他的确想知道她在房间里捣鼓什么。那么既然他现在也没什么事可干……

他拿着敏的钥匙来到她的房间外，小心翼翼地拧开了门锁，推开门，看见……

功的滋味是甜的，
多的成功滋味当
更甜！——妈妈

最重要的不是
参与，而是赢。

"我的天哪！"

房间里光彩夺目，到处都是金、银、宝石材质的亮闪闪的奖杯、奖牌，色彩鲜艳的丝带……基思的下巴要被惊掉了。敏赢来了一切，她的生活就是由知识竞赛、连环晋级赛、初级冠军赛、体育比赛以及更多的知识竞赛组成的。

基思凝视着敏的奖牌、奖杯和证书，墙上，书架上，小壁橱里，这些东西摆得到处都是，中间还穿插着很多妈妈手写的激励字条：

> 最重要的不是参与，而是赢。
> 成功的滋味是甜的，更多的成功滋味当然更甜！
> 如果你不去赢，那不是白活了吗？

基思皱起眉，他想起妈妈给他留过的唯一一张皱巴巴的字条，上面写着：

> 别把湿毛巾扔在地板上。

接下来基思又发现了他以前没见过的一些照片。这些照片的内容几乎都是一样的：爸爸妈妈站在正在接受颁奖的敏身后。然后——等等——在其中的一张照片里，敏捧着一张大大的支票！

"奖奖奖金！"基思结巴了，"没人告诉过我赢了比赛居然还有奖金。"

基思坐在敏的床上想着：哇哦，敏真是占尽了甜头！不光爸妈开车带她去参加竞赛，给她加油打气，居然还有人给她奖金，那可是实实在在的钱呢！

基思有了一个新念头，一个强有力的念头。

"如果我赢下一个大赛呢？我就能赚到钱，能买比斯托烤肉酱。对了，有了钱就可以去巴黎的发明家大会了。"他轻轻说，"反正爸爸妈妈是不会带我去的，那么我就靠自己的本事去赢得一张巨额支票，自己送自己去。我唯一要做的就是成为像敏那样的天才。那有什么难的？"

第二章
我要偷走敏的大脑

"汤姆，你记得吧，你说过我是个天才？"

基思站在死党汤姆家门前的台阶上。

"就在上次咱俩计划怎么帮你过生日的时候，我想到一些特棒的点子，你听了之后说我是个天才。"

"我没说你是个天才，"汤姆说，"我是说你的那些点子挺天才的。"

"意思差不多。"基思说，"我现在必须成为像敏一样的天才，参加竞赛，赢得足够去发明家大会的钱。你知道她获胜之后还有奖金吗？"

"我认为她一定是很努力，才赢得了那些比赛和奖金。"汤姆说。

"也许努力，也许不努力，谁在乎呀？我找到了一条捷径——你可以说这又是一个天才的点子——我要去偷取我姐姐的大脑。"

"你要干吗？"汤姆问，"怎么做？"

"是我的'极端重要的实验和发明'中的一项。全新的点子，我刚才突然想到的，只是还没怎么想明白。不过，如果我去老基思那里吃点儿东西，兴许就能把这事想清楚了。我现在就去，拜拜。"

然后他就跑了。

基思的爷爷也叫基思，为了便于区分，一般叫他"老基思"。基思欧弗森家的所有男人都叫基思，虽然基思的妈妈在儿子出生时曾想给他起个新名字。

"'基思'听起来太平淡无奇了，"她说，"听听'密涅瓦'这个名字——让人觉得聪明又敏捷，就像罗马的那位智慧女神。而基思？从来没有哪位罗马神祇叫基思。"

可是基思的爸爸——基思——坚持男孩必须叫基思，老基思也坚持。

"叫基思总没错。"老基思说，一边说着，一边在膝盖上颠着基思小宝宝。那差不多是11年前了。"这个名字不新奇，不花哨，又稳当，还有那么一点点恶作剧的味道。我觉得我那些最好的成就都得感谢基思这个名字。我最火的歌就是《基思在前进》。我制作的各种酱被人们称作'基思的调味品'。我精心设计的刀、叉、勺，以'基思的全套餐具'命名而广为人知。"

这些日子，老基思住在一条叫作"漂流者"的货船上。这条船就停泊在一座废弃的肥皂厂旁边。此刻，老基思正坐在甲板上自己心爱的座椅中，享受着七月的暖阳，他发现基思正沿着河岸跑来。他那只迷恋奶酪的鹦鹉"花生"

也看见了基思，于是呱呱叫了起来："卡夫奶酪！"

　　"我能吃一个你的特色薯片三明治吗？"基思一跳上船就请求道，"今天下午我有一些非常严肃的发明要做，需要提前补充能量。"

　　"你又要开始发明创造了？太棒了！这回要制作什么？"

　　"一个能偷走敏的大脑的机器。"

　　"真的？听起来对敏有些危险啊。"老基思说。

　　"没事，不会伤害她的。"基思说。

"好吧，但你自己的大脑有什么问题呢？"老基思说，"你超级聪明，你的基思大脑超级厉害。也许你不是敏那种书本式的聪明，但你知道许许多多有趣的东西。"

"那倒是真的。我知道鸵鸟可以跑得比马快许多，我知道狼蛛不吃东西可以活差不多两年，我知道短吻鳄的寿命有 100 年，几乎跟你一样老。"

"嘿，讲点儿礼貌吧。"老基思说。

"我还注意到，热会减慢大脑的运转速度，所以我就发明了基思的防热头罩。"

"听起来很酷。"老基思说。

"看起来也很酷。"基思说。

"那么，你到底为什么要偷敏的大脑？"老基思问。

"我要得到里面所有的知识，然后我就可以去参加她参加过的各种大大小小的比赛，赢得奖金，这样就能负担得起去巴黎发明家大会的路费了，爸爸妈妈可不会带我去。"

"我带你去啊。"老基思说，"但我的身体已经不中用了，我也不确定'漂流者'是否可以渡过英吉利海峡。不过，偷取敏的大脑就是最好的赚钱方式吗？给人洗车不行吗？"

"没时间了。我得洗好多好多好多辆车才能筹集到足够多的钱，可大会还有不到三个星期就要开始了。发明是我的强项，我要通过我的发明来赚到路费，我必须要试一试。"

"好吧，当然，我相信你只要放手去试就能有了不起的收获。不过在尝试之前，先吃点儿东西吧。"老基思说，"来吧，孩子，我们去做点儿薯片三明治吧。"

第三章
漏 勺

基思一回到家，就掏出他最大的速写本和几支彩色笔，开始画他的大脑窃取装置。基思在思考一项新发明的时候喜欢边想边画，他把这称为"自由涂鸦"。正是通过自由涂鸦的方式，他发明了面包剪，就是能在不用餐刀的情况下把面包弄成片状的工具；也发明了头袜，一种包脑袋的帽子，可以给整张脸保暖。

基思画下自己，然后画下敏，接着在他俩的脑袋之间画下巨大的箭头。

"我需要立刻就把她脑袋里的知识弄到我的脑袋里，就像一道闪电，咔嚓……"

他画下了几道放射状的闪电。

"要么就像通过电线的电流。"他边说，边画下连接他和敏的脑袋的电线。

接着他发现自己在画一种套在敏头上的巨大头盔，看起来非常像一个大筛子。

"就是它了！"他大叫一声，然后跑下楼去。

基思花了大约一个小时把爸爸工具箱里的电线翻了出来，然后把它们一根根连接到厨房里闪闪发亮的金属漏勺上。接着他又找到一个旧的饼干桶，大小正好可以套在头上，戴起来也没有什么不适。他稍微捣鼓一下那个饼干桶，在这里戳几个洞，在那里绑几根电线……大功告成！他对着自己的手工活儿得意了一番。

大脑窃取装置看起来科学得恰到好处——看那些电线，但它管用吗？他总得找人测试一下，但家里除了自己没别人。他觉得最简单的办法就是叫汤姆来，可是爸妈跟敏马上就要回来了。剩下的时间倒是够他检验一下脚指甲实验。基思检查了每一枚指甲，写下了他的发现："没有变化。"接着他又想起了另一项还在进行的实验——第 37 号极端重要的实验：被埋藏的三明治。他猛地冲向花园，在一堆割下来的碎草下面搜寻，结果什么也没有找到。于是他写道：

"三明治不见了。没有打斗痕迹。实验地点被弄乱了，却没有面包屑留下。嗯……"

然后他写下："狐狸。"

"肯定是狐狸。我的实验成功证明了狐狸喜欢三明治。很好。"

他的手机响了。

"嘿，基思。"一个声音说。

"谁呀？"基思问。

"我是妈妈呀。"妈妈说，"我们在回来的路上，20分钟后见。敏又一次赢了，她是不是很棒？"

"我刚刚发现狐狸喜欢三明治。"基思说。

"狐狸啥？你就爱打岔，基思。"妈妈说，"不跟你说了，待会儿见。"

敏从前门进来时，怀抱着几个气球，气球上写着"赢家"和"冠军"。

"嘿，那是氦气球吗？"基思问。

还没等敏回答，他就用牙咬破了其中一个气球，哧溜一口吸入氦气。

"你头上戴的是个饼干桶？"爸爸问，"真荒唐。"

"不荒唐，倒是有点儿疯狂。"基思激动地大声说道。

敏的嘴角抽动了一下。

"别犯傻了，基思。"妈妈说。

电话响了。

"别用那种奇怪的声音接电话。"妈妈嘱咐道。

她说迟了。

"晚上好。基思欧弗森家，请问您找谁？"基思故意用滑稽的尖声说。

敏哧哧地笑了。妈妈一把夺过电话。

"非常抱歉，我是基思欧弗森太太。"她说，"不是，不是，不是什么小精灵，是我儿子，他在玩氦气球，对，挺逗的……行啊，你当然可以采访敏，问问她最新的胜利果实。我让她来接电话。"

她把电话交给敏。"是本地的报纸，他们想采访你。"她说。

"行啊。"敏说，她立马弄破了一个气球，吸入一口氦气，然后抓过电话。

"是我，敏。"她用动画片里老鼠的声音应道，那是吸入氦气的效果。

基思要笑疯了，敏也情不自禁地笑了，继续叽叽地说话。妈妈夺过电话，赶紧跑去客厅，跟对方道歉。

"你刚才的行为可不对，你可是14岁以下国际象棋比赛和爱尔兰舞蹈大赛新出炉的冠军。"妈妈对敏说。

"怎么不对了？"基思尖声地说，"多好玩呀！"

"多蠢呀，就跟你头上的饼干桶一样。"爸爸说。

"是啊，你为什么要在头上弄一个饼干桶呢，基思？"敏问，"跟我说说，我保证我能理解。毕竟，我是个天才！"

"你的确是。"基思说，"嗯，要是你到我房间来，我就告诉你这是怎么回事儿。"

他俩上楼后，基思关上了他的房门。

"我在为万圣节做一套新装扮。"他说。

"万圣节还有好几个月呢。"敏说。

"早准备没坏处。"基思说。

"你想要扮成什么？"敏问道。

"我想扮成疯狂的科学家，那种暗中谋划偷取别人大脑的科学家。"基思说。

"怎么偷？"敏问。

"就是靠某些手段，不行吗？你问题可真多！"

"我有一颗好奇的心，"敏说，"天才必须具备的素质之一。"

"我也有颗好奇的心，"基思说，"只不过跟你好奇的东西不一样。"

他随手就把漏勺罩在了敏的头上。

"求你了，只需要戴一小会儿，就能帮到我了。"

接着他迅速把电线连到自己头上的饼干桶上，然后抓过一节电池（他指望那东西能额外补充些能量），紧紧握住它，站得离敏很近很近，瞪着她的眼睛，等着她大脑里的知识通过电线流入他的脑中。基思期待有成吨的知识涌入自己的头脑里，还带着噼啪作响的夸张的火花。然而，什么也没有发生。

"你干吗盯着我？"敏问，"你一副尿了裤子却不肯承认的样子。"

基思没说话。

"嘿，基思，你还好吧？"敏敲了敲他戴在头上的饼干桶。叮，叮，叮！

基思继续盯着敏，敏也盯着他，一秒，两秒，然后……

"这是我见过最糟糕的万圣节装扮。你真的很奇怪。"敏说。

她把漏勺从头上扯下，扔到地上。漏勺被电线扯住，又弹了回来，就像在玩蹦极一样，而且还正中基思的脸。

"嗷嗷嗷嗷嗷！"他吼道，"你要从我这里筛出什么来呀？"

"筛你个头！"敏说完，就跺着脚跑下楼去了。

基思把饼干桶从头上拽下。他检查了一下自己是否获得了什么天才想法，显然什么也没有。

他的手机响了。

"嗨，基思。"一个声音说。

"谁啊？"基思问。

"汤姆，你最好的朋友。"汤姆说，"你偷到你姐姐的大脑了吗？"

"嗯，我做了一个神奇的偷取大脑的头戴式装置，上面有一个大漏勺，有好多电线，好多好多电线！还有一个饼干桶。这东西非常酷，无比有创意。"

"然后呢？"汤姆问。

"我觉得它不管用。"基思说，"但我们还是检测一下吧。来，问我一些很难的问题。"

"乌兹别克斯坦的首都是哪里？"

"不知道。"基思说。

"623 的平方根是多少？"汤姆问。

"没概念。"基思说，"我的感觉没错，那个'头盔'不管用。"

"我想知道为什么。"汤姆说。

"可能电线连错了，"基思说，"可能我压根儿就不需要电线，跟配件就没什么关系。"

"可能你应该放弃。"汤姆说。

"什么？不可能！基思从来不放弃。这是基思欧弗森精神。但我今晚得好好睡一觉，我确实太累了。偷走别人的大脑比我想象得难多了。"

第四章
催　眠

　　基思睡得很沉，什么梦也没做，醒来后神清气爽。更棒的是，他是带着另一个偷取敏的大脑的天才点子醒来的，那就是——催眠！

　　"我要催眠我姐姐，"基思自言自语道，"没错！一旦敏被我控制了，她就会告诉我成为天才需要做的所有事！"

　　基思以前曾经试过催眠邻居家的猫——乔普思。他用线穿过一枚洞洞饼干，晃来荡去。乔普思先是用爪子不断拍打那枚饼干，然后就进入了催眠状态（当然乔普思也可能只是睡着了）。那之后，基思就想不起来发生什么了。他的注意力全部集中在摇晃着的洞洞饼干上，直到敏跟他说他已经回到自己房间里了什么的。

　　这一次，基思打算先做些研究。他一整个早上都在阅读跟催眠有关的资料，学习如何让人发呆、恍惚，之后才下楼去吃午餐。

　　基思狼吞虎咽地吃完，便静静等待敏也吃完，好开始催眠她。没时间可浪费了，毕竟，发明家大会还有三周就要召开了，筹钱的事儿必须抓紧。

敏刚一放下餐具，基思就开了腔："你看起来好没有精神，敏，你要不要去沙发上躺躺？"

"你要做什么？"基思推着敏往客厅走时，敏问。

"没什么，只不过对我的天才姐姐体贴一点儿。"他说，"放轻松，舒展身体，来，躺在沙发上。这里的一切都是平静安宁的。"

"我重复一遍，你要做什么？"敏问。基思正帮她躺到沙发上。

"你一直那么努力，你已经很优秀了，现在你感到你的

眼皮非常沉重，想要闭上。那就闭上眼睛，屏蔽周围，让肌肉放松下来……"

基思想不起来他到底应该说什么，但他决定要让这催眠的氛围继续。"听我的声音，我可爱的声音，你感到真正的平静、松弛、困倦、温暖、懒洋洋。"

敏什么话也没说，她的眼睛开始闭上。基思想：她进入催眠状态了，我就要成功了。

"你现在真的在打瞌睡了，非常想睡，身体非常沉重，就像一只拍打了一整天翅膀的小鸟，或是一只四处转悠了许久的小老鼠。"

敏打起了哈欠。

"你正在深深滑入一种平静的状态，感到非常自在平和。现在，请听听我的建议。"基思说，"告诉我你所知道的关于如何成为天才的一切，因为你想要分享，分享你所有的知识、成功的经验和……任何有用的小窍门。分享，分享。这可不是偷窃啊，你是在分享，分享，分享……"

接下来基思屏住呼吸，注视着他一动不动的姐姐。

"穿黄裤子，"敏嘟嘟囔囔地说，"在比赛前夜只吃芹菜。"

老天爷呀！基思想：我就从没穿过黄色的裤子，并且讨厌吃芹菜。

"别在赛前复习，没什么用。"敏继续嘟囔，"我从来不在比赛前做任何功课，到时候我只要出场就行。"

"这个我知道。"基思说。

"记得……"敏的眼睛忽然睁开，她坐了起来，抓住基思的肩膀，冲他的脸大嚷："别犯傻了！"

基思吓得大叫，匆忙跳开。

"你吓死我了！等等，怎么回事儿？你刚才到底有没有进入催眠状态？"

"当然没有，基思。我聪明着呢，才不会被你催眠。"敏说，"我知道所有关于催眠的事，怎么可能因为你说我像一只小鸟就呆掉？"

"你要我！"他说。

"是的，对不起。来，坐这儿。"敏拍了拍沙发，"现在放轻松，把你全身的重量都搁在沙发上。"

基思重重地坐下。

"我跟你道歉，基思，我刚才太淘气了。现在放轻松吧，闭上眼睛，大口呼吸。"敏说。她的声音变得柔软而缓慢。

"你正在下沉……关闭……下沉……关闭……"她说，"你正在滑入一种舒缓的状态中。你飘浮在自己的身体之上，高高地飘浮在自己的身体之上。"

敏在基思的脸前方轻轻地打了个响指。基思没有反应。

"你为什么想要催眠我，基思？"她问。

"我想成为天才，"他嘟囔道，"这样爸爸妈妈就会对我笑，会为我感到骄傲。掌声、气球、大额支票，去发明家大会。"

敏皱起眉头。"我觉得你未必真的想要成为天才，基思，那是非常辛苦的。"敏说，"爸爸妈妈经常给我施压，我必须成天学习和训练，我没有像你那么多的自由时间。"

基思的头前后左右地晃来晃去。

"你扣在我头上的那个漏勺是用来做什么的？"敏问。

"偷取你的大脑，"基思说，"偷取里面所有的知识。"

敏叹了一口气，摇了摇头。接着她有了个主意，她说道："基思，你现在是一条蛇，正沿着地板蠕动。"

基思倒在地板上，腹部贴地扭动着身体爬行，一边发出咝咝咝的声音。

"现在你是一只犯困的小狗。"

基思立刻表现得像一只困得厉害的小狗，打着哈欠，步伐慵懒。

敏觉得她可以这样看他好几个小时，太有趣了！但她还有代数作业要做。

"等我数到五，你就会彻底醒来，头脑清晰，神清气爽。一，二，三，四，五。"

基思的眼睛睁开了。"真舒服。"他说，"我刚才睡着了？"

"嗯，差不多吧。"敏说。

第五章
脑波传导

基思回到自己的房间，再次拿出他的速写本，抓过一支笔，他需要一个新点子来偷取敏的大脑。他的头部装置不管用，催眠也失败了，但他确信一定能找到别的方法来获取敏的脑力。

"我记得从书里看到过，脑波可以穿越物体，只要你跟别人的大脑离得足够近。"基思嘟囔着，"又或许是我梦到的？没关系，试试就知道了。"

他又一次草草画下他和敏，这一次，画中的他俩脑袋靠在一起，他自己的脑袋上亮着一个大灯泡，那里头亮闪闪的东西都是从敏的大脑中刺刺地传过来的天才智慧。

"完美。"基思喃喃自语，"现在我只需要放松地接近敏，让脑波自己流过来。不用电线，不用筛子。"

基思发现敏就在楼下的客厅里，正在读一本数学课本。

"我想向你道歉，我昨天不该往你脑袋上戴漏勺，还想催眠你。"他说，"我能给你做一个头部按摩来表示我的歉意吗？"

"你是不是还想偷走我的大脑？"敏问道。

"当然不是！"基思说，"我只是想帮你。爸妈不懂你需要放松，但我懂啊。"

"这倒是真的，爸妈从来不让我休息。"敏说。

她坐在地板上，基思爬到她身后的沙发上，开始揉捏她的头部。

"你怎么突然关心起我参加的竞赛和我的健康了？"敏问。在基思的揉捏下，她感觉头皮一顿一顿的。

"嘘……只要享受我的按摩就好。"他一边说，一边期待敏所有的天才脑波能顺着他的手流到他的大脑里。

"哎哟！"敏忍不住叫了一声，因为基思的手钩住了她的长发。接着基思把手指挪到了敏的前额，他确信那里会有海量的天才信息。他拽起敏额头上的皮肤，把敏的眼镜拽成了一条斜线。接着他用手指轻轻划过她的头顶，就好像在弹钢琴一般。

"好痒！"敏说，"就到这吧，今天的按摩时间够长了。谢谢你。"

在她起身之前，基思用脑袋蹭了蹭她的头。

"你要干吗？"敏问。

"记得我们以前为了能都惹上虱子，可以不用上学，就会这样蹭脑袋吗？"

"滚开！"敏吼完便跳了起来。

"你想要来一个毛利人的问候吗？"基思问，"前额抵在一起那种。"

他把自己的脸朝敏凑过去，敏把手举起来，摆了个大大的"X"。

"基思，你对我的头太着迷了。你还是想偷取我的大脑，承认吧。"

"我不会承认的！不，不对，我只不过想要友好一些。给你一次按摩、一场怀旧的聊天、一个毛利式的问候……"

"死心吧，基思。"敏说，"说真的，过好你自己的生活吧，你的生活就很好。你做自己就行。"

真高兴敏能这么说。基思想：但这番话并不能让他去成

发明家大会。

整个下午，基思都在试着接近敏，希望敏的脑波能突然传到他身上。他喝她杯子里的水，主动提出要帮她打扫房间，还拥抱了她。

晚餐时，他坐得离她非常近，在吃完甜点后，他把头靠在她肩膀上。

"就是想跟我的姐姐一起享受这放松的一刻。"他说。

"不要，你又开始做奇怪的事了。"敏说，一边用力推开他，把他推下了椅子。

"或者说，做傻事。"爸爸说。

"是啊，最近基思你做了好多傻事。"妈妈说，"你净给敏不好的影响。"

"我只是想要更像她一些。"基思说，

"这恐怕不可能。"妈妈说，"敏1岁会走路，2岁会阅读，3岁就创作出自己的诗集了……"

"4岁时她在国际象棋比赛中击败了成年人对手。"基思说，"她是杰出的小提琴手，还在花园里设置了一个气象站……是呀是呀，我知道，我老早就听过这些'奇迹'啦。"

"她还知道 26×26 乘法表，意大利语也说得特别流利。"妈妈继续说道，"但你4岁的时候，我觉得你做得最棒的事情就是把裤子穿对。"

回到自己的房间，基思躺在床上想：这回敏的所有知识都传过来了吗？

"13 乘以 9.5 等于多少？"他问自己。没有答案。

他试图说点儿外语，但什么也没说出来。

他想跳爱尔兰舞，但踢到了自己的脚趾。

他搜寻自己的大脑，希望发现哪怕灵光一现的敏那般的天才，但什么也没搜出来。

相反，他脑中满是平日里就混合在一起的什么"极端重要的实验和发明"、奶昔梦、鲨鱼和熊趣味小知识……

兴许偷取敏的大脑需要花费的时间比他预期的更长一些。没准让敏的脑波传过来得耗掉一整晚。也许他们都需要进入睡眠状态，彼此睡着的大脑才能不受干扰地相互沟通。

"如果我能找到睡在敏旁边的办法，那么也许到早上，我也会成为天才的。"基思自言自语道。

那天晚上，等所有人都上床了，基思去了敏的房门口。当然，敏的房门锁着，基思只好躺在外边。离敏够近了吧？基思裹上自己的羽绒被沉入了梦乡。

基思是伴着肋骨的一阵锐痛醒来的，同时他还听到了一声重重的咚以及一通尖叫声。醒来听到尖叫声似乎是最近的常态。

"哦，哦哦哦。你这个白痴！"是敏。

"发生什么事了？"爸爸听到动静，连忙赶来。

"我正打算去厕所，被他绊倒了。他就躺在这里，就在我房间外面！"

"你受伤了吗？"爸爸问。

"我还好。"基思说，"尽管她真的踢得非常狠。"

"我不是问你！"爸爸咆哮着说。

"敏，你受伤了吗？"妈妈问，"下个星期你还有剑术比赛要参加，你没磕坏吧？"

"你在地板上做什么，基思？"爸爸问，"基思？基思？典型的基思做派啊，他已经走了。"

爸爸妈妈确认敏没有受伤后，才踏实地回房继续睡觉。

过了一小会儿，基思又一次被尖叫声吵醒。

"你在我床上做什么？"敏高声质问，"你怎么进来的？"

基思太困了，他一时也搞不明白。然后他想起来了。

"爸妈在检查你有没有受伤的时候，我悄悄溜进来的。"他说，"我不过是想离你近一点儿。"

"妈妈，爸爸，基思又做奇怪的事了！"

在爸妈过来盘问他之前，基思赶紧小跑回自己的房间，把羽绒被兜头罩上，继续睡觉。

第六章
我也是天才？

第二天早晨，基思一醒来便意识到他并没有偷走敏的大脑，这可怕的事实像一块湿抹布一样劈头砸向他。他正充满挫败感地躺着，突然听到了敏去卫生间洗澡的声音。他蹑手蹑脚地走到楼梯口，发现敏居然没锁房门。他趁机溜了进去。

敏的那些奖杯依旧闪闪发光，妈妈的激励字条依然鼓舞人心，但这一回，基思注意到了这里的书。成堆成摞的书，满架子的书，到处都是书。难道敏把这些都看完了？

基思翻看了其中一本，里头全是方程式，它们在他眼前飘浮——都是些舞蹈着的数字和打着圈的符号。他又翻开了一本，这一本文字很小，每页都有两列，纸薄如蝉翼。基思摊开手掌覆盖在书上，轻轻抚摩，他深吸一口气，开始哼唱："来呀，来呀，来到我的脑中啊。"

他想象单词会飞离书页，飞入他脑中，于是他就能猛然知道大量的事情，那些敏知道的事。

"来呀，来呀，来到我的脑中啊。"

基思等待着，接着想要算 76 乘以 13.5 等于多少。但他没算出结果。

"来呀，来呀……哼，有什么用？"基思嘟囔道，感到特别心灰意冷。他慢悠悠地下楼，来到厨房，发现爸爸正眯着眼往面包盒里看。

"我明白为什么人们把这玩意儿叫作面包盒① 了。"他说，"这就是用来放置过期面包的容器嘛！"

这话引起了基思的思考。他去小棚子里找来一罐家具清漆，正要往一片白面包上刷漆时，老基思来了，他的宠物鹦鹉花生站在他肩上。

"你在做什么？"老基思问。

"为面包做防水。"基思说。

"为什么呢？"老基思问。

"一方面是这样做可以让我不再去想因为我没偷到敏的大脑，所以没钱去发明家大会的事。另一方面是因为我们家浪费了太多的面包。"基思说，"我想为坏掉的面包找到用武之地。做了防水之后，它们可以变成杯子和碗。"

"好主意。"老基思说。

"妈妈很有可能说这很傻，她觉得我所有的发明和实验都很傻。爸爸也这么认为。"

---

① 译者注："面包盒"英文为 bread bin，其中 bin 有"垃圾桶"的意思。本书注解如无特别说明，均为译者注。

"我觉得你的发明和实验都很酷。"老基思说，"它们别具一格，闪耀着你的奇思妙想。要知道，保有这些奇思妙想是很重要的。"

"谢谢。"基思说。

"你父母兴许理解不了你做事的方式，他们只关注敏的那种天才，但这并不意味着天才只有一种。人们并非总能意识到天才是什么。"老基思像是陷入了回忆，"我曾经有个朋友在艺术俱乐部表演，他管自己叫'牛奶人'。他能在舞台上当场喝下一瓶牛奶，然后又一瓶，再一瓶……到最后，牛奶会溅满他的脸和衣服，他被撑得没法儿继续大口而快速地咽下牛奶。能喝掉那么多牛奶，我觉得这也是一种天才，但许多人都不理解。"

"他后来怎样了？"基思问。

"他失去了对艺术的爱，去银行上班了。此外，他还患上了乳糖不耐受症。"

"斯蒂尔顿干酪！"花生尖叫道。

"趁着等漆干的工夫，咱们去看会儿电视吧。"老基思说。

通常，老基思和基思最喜欢看《米特和图威》，一部讲侦探米特和调查员图威联手打击罪犯的电视剧，但最新一集他们已经看过了。于是基思不断换台，最后终于锁定了一个智力竞赛节目。

三个表情严肃的成年人坐在桌子后面回答着严肃的问题。记分牌不停转动着，一个声音说："现在进行的是本届《超级大脑》的最后一个回合。如果你想要参加14岁以下的特别版《青少年超级大脑》，欢迎到我们的网站报名。"

"这就是我想去参加的那种竞赛，爷爷！"基思激动地说，"我敢打包票，我如果去了，一定会赢下一张大大的支票。"

"肯定的。"老基思说，"你将成为一个明星，接下来人人都会知道你是个天才了。"

"可是我知道的事情不够多。"基思说，"我没有敏那样的脑子，我失败过很多次。"

"嘿，别说丧气话啊。"老基思说，"失败？只有当你

连试都不去试，才是失败。何况，机会永远不嫌多。你怎么不去申请一下？也许你比自己以为的更天才呢？不放手一搏又怎么会知道？"

第七章
申请参赛

老基思说基思也许比他自己以为的更加天才，这话就像一个在洗衣机里弹跳的乒乓球，在他脑中乒乒乓乓地跳了整整一个上午。然后他约了汤姆在公园见面，对他说他考虑报名《青少年超级大脑》节目。

"老基斯觉得我可以试试。我要是赢了的话，能得到一张巨大的支票。"基思激动地说。

"是支票巨大，还是获得的金额巨大？"汤姆问。

"都大！"基思说。

汤姆正要回应，突然注意到他们身边有许许多多昂首阔步的鸽子。

"哪来这么多鸽子？"他问。

"它们知道我带着马麦酱。"基思说。

"鸽子喜欢马麦酱？"汤姆问。

"是呀。它们也喜欢果冻，但只有在早上才喜欢。"

"你怎么知道的？"汤姆问。

"我做了一个关于鸽子喜欢吃什么的实验。"基思说，"结论都记载在我的《极端重要的实验和发明》一书里。"

"天才啊!"汤姆说。

"哈,这可是你说的!"

"我只是随口一说。"汤姆反驳道。

"可是你已经说了,你真的觉得我是个天才。我无论如何都要去申请那个比赛了。"

基思乐开了花,拍了拍汤姆的背,跑回了家。

基思上楼来到敏的房门外,他先是听到尖叫声,接着尖叫变成了哭号。

"你还好吗?"他问,"脑袋被门夹了?"

"走开,我在听京剧!"敏大吼。

"先别赶我,我想借用一下你的笔记本电脑。"基思说。

"你干什么用?"敏问,一边从门后探出头来。

"没什么,有点儿小事。"基思说。

"是没什么,还是有点儿什么?"敏问,"答案只能二选一。"

"是有点儿什么。"基思说,"你满意了吧?可以借我用了吗?"

敏把电脑从门里递了出来。

"顺嘴说一句,你唱得太难听了。"基思说,然后躲进了自己的房间。

基思进入《青少年超级大脑》网站,开始填写申请表。他全神贯注,没发现敏来到了他身后。

敏弹了弹他的耳垂,他一骨碌转过身来。

"不要这么做。"她一边指着电脑屏幕，一边说道。

"什么不要？"基思问。

"别，别，别，老哥，"她说，"青少年超级大脑比赛不是为你这种人举办的。你会被人活活吃掉的。"

"不会的。"基思说，"我知道在熊面前如何保护自己。"

"在我面前呢？"敏问，"你能在我面前保护你自己吗？我已经进决赛了。我去年拿了冠军，所以自动获得了今年的决赛资格。"

"你去年就得了冠军？"基思问，"我都不知道。"

"你知道的，基思，你来参加我的庆功会了。只是你没有跟任何人说话，因为你在桌子下面吃迷你鸡蛋三明治吃得不亦乐乎。"

"吃用迷你鸡蛋做的三明治这种事我怎么可能忘？"

"不是迷你鸡蛋，是迷你的鸡蛋三明治！言归正传，你在申请表上写那种东西是进不了面试的，"她说，"兴趣：研究如何称量头发和睫毛……"

"那可是非常重要的事。"基思说。

"不，那只是你感兴趣的事。"她说，"如果要进入天才儿童比赛，你需要谈谈化学、几何、古代文明、英格兰的工业革命、生物多样性、棋类、歌剧、剑术、罗马帝国、弗兰纳里·奥康纳①的诗歌、数学、进阶数学、方程式，以及西非的动植物、南极探险、稀有蛾类、芭

①弗兰纳里·奥康纳，美国著名小说家，代表作有《好人难寻》等。

蕾，还有……"

　　敏在基思的房间里走来走去，罗列她所知道的天才之事，基思却在安静地打字。他兴奋地想：终于，敏的大脑对他敞开了！他正在偷取它，就在她跟前。

　　最后，她抬起头来。

　　"抱歉，我扯太远了。"她说。

　　"没什么。"基思说。

　　"你不会把我刚才说的那些都写在申请表里了吧？"敏问。

她探过头去，看到基思真把她说的记了下来。

"基思！"

太迟了，基思用鼠标点击了页面上的"提交申请"按钮，啪的一声关上了电脑。

第八章
天才的行头

基思不确定多久才能等到主办方的反馈，不过，从第二天起，他觉得无论如何自己得开始准备了。如果老基思说他比自己以为的更天才这话是对的，那么也许现在就是他在纸上落实天才想法的好时机。他抓过笔记本，为它写下了一个简单却又自认十分经典的名字——基思之书。

在本子里，他写下了一些早些时候的发现：

不要指望世界会直接发现你是一个天才。记得，其他人都不会像你那般了不起，给他们一个机会。可能他们要花上一阵子才能跟上你，但别放弃，天才永不放弃！

偷取你的兄弟姐妹的大脑并不容易，但可以多听听他们说话，万一他们说着说着就有什么天才点子掉出来呢？

然后基思开始观看往期的《青少年超级大脑》。镜头里的敏针对提问迅速而轻松地给出回答，每道题都答得无懈可击。"我可以做到吗？"基思心里嘀咕着。然而他连理解那些问题都很吃力，更别说回答了。很快，基思的注意力就放到了参赛者的穿着上——大部分人都穿了羊毛开衫。基思琢磨着要是他参赛应该穿什么，他扫了一眼自己的衣服，眼下他穿着一件有乌龟图案的T恤，上面还有一大片番茄酱污渍，看起来就像乌龟在流鼻血。他给老基思打了电话，想和他商量参赛服装的事。

"外表惹眼很重要。"老基思说，"要让人们注意到你，让他们觉得：哇哦，这儿有一个特立独行的天才儿童！不过别穿西服，穿西服的小孩让我毛骨悚然。"

"我懂。"基思说，"但穿什么呢？"

"穿黑色不会错的。"老基思说，"也许，还得戴上墨镜。"

基思跑上楼，倒腾了一番妈妈的衣柜。他找到了一条黑色的紧身裤、一件黑色的高领衫和一副有粉色边框的大墨镜，他把这些都穿戴上。

"我看上去像是穿着潜水服，要去海滩。"基思嘟囔道，"这个样子肯定惹眼，让我试试看管不管用，看人们会不会对着我惊叹：'老天呀，这孩子一看就是个天才！'我要去咖啡馆喝咖啡，天才疯狂热爱咖啡。"

基思来到公园里的咖啡馆，他几乎看不见老板布鲁斯，尽管布鲁斯的块头像集装箱——墨镜让所有东西看上去都黑乎乎的。

"我要一杯咖啡。"基思说。

"好的，女士。"布鲁斯说。

基思在外面找了张桌子，他在桌旁坐下，跷起二郎腿——他觉得天才都会跷腿。然后布鲁斯端着咖啡过来了，基思喝了一小口。

"噗！"基思吐出的咖啡在空中画出一道抛物线，溅到了坐在对面的一个男士身上。

"嘿！你能不能小心点儿？！"那人吼道，仿佛在自己的玉米片里看到了苍蝇。

基思这回确实长了个记性。

咖啡的味道太恶心了，像是铁锈、芹菜、头疼药混合在一起，倒进了热牛奶。

他的高领衣服搞得他痒痒的，没有一个人用望向天才的尊重和羡慕的眼光看他。他晕乎乎地离开了，但很快就听见脚步声从身后传来。

他转过身，是布鲁斯。

"你还没付钱，"布鲁斯说，"把钱交了。"

基思拍了拍紧身裤，想找零钱。

什么也没有。

"抱歉，我没带现金。"基思说，"跟女王一样，她老人家也不带现金的。"

"不带钱就来点咖啡可不是聪明人干的事。"布鲁斯说，"好吧，那你下回付给我。"

只有蠢人才会再来喝咖啡。基思拖着沉重的步子往家里

走时这样想着。接着他想起布鲁斯说他不太聪明——恰好和
他想要听到的评价相反。基思突然间感到燥热，毛衣领依然
刺得他痒痒的，他的脸也烧得发烫。如果用一种颜色来形容
他的脸色，大概是"挫败的李子色"。如果他真的获得了参赛
资格，这副样子可不适合上电视。他必须本色出征，穿着 T
恤和牛仔裤，就像平日里的基思。必须是那样。

回到家，他在《基思之书》里记下了新的感悟。

　　　　天才不应该穿高领衫——太痒痒了。
　　　　天才不应该喝咖啡——实在恶心。

他看了一下日历，发明家大会离现在只有差不多两周

046

了。青少年超级大脑比赛是最好的也是唯一获得路费的机会。观看了往届的比赛，目睹那些无比聪慧的孩子玩儿似的一路闯关后，基思都不确定他能否在比赛中念对自己的名字，更别提回答任何问题了。他甚至觉得有些绝望，他想要去发明家大会的梦想难道就要像弹珠搭的屋子那样轰然崩塌了吗？基思翻看起《基思之书》，一句话跳到他面前：

　　天才永不放弃！

　　没错！基思用红色笔在这句话下面画了线，然后就开心地跑去看晚餐都有什么了。

第九章
赛前准备

第二天，基思和汤姆在骑完车回到基思家后，发现门口的垫子上有一个信封，里面是让基思去《青少年超级大脑》节目试镜的邀请函："给 8 岁到 14 岁的令人敬畏的天才儿童。"

"我通过了！"基思大吼，"老天对我真好！我通过了，没错！"

汤姆正在查看脚指甲实验，他猛地转身时，脸上还留着被这个实验恶心到的表情。

"什么？当真？"汤姆说，"怎么可能？呃，我的意思是说，了不起，恭喜。"

"太好了！"基思咆哮着跳到自己的床上，"我马上就会赢得一张巨额支票，然后就能去发明家大会了，我的梦想要成真了，哦耶！爸爸妈妈会感到震撼的，我也参加比赛了！"

他在床上蹦来跳去，然后重新念起了卡片。

"等一下，"他说，"试镜就在明天。没时间可浪费了，我现在就得开始准备。"

"准备学习？准备可能会考的题？"汤姆问。

"什么？当然不是！"基思说，"准备烘焙和制作一款新的私人香水。看，你觉得这玩意儿怎么样？"

基思递给汤姆一个瓶子。瓶子里是一种看起来像池水的绿色浑浊液体。

"你闻闻。"基思说。

汤姆闻了闻，差点儿吐出来。

"像……像……肥……肥料的味道。"他结结巴巴地说。

"是草的味道，前调是木材燃烧的那种香气。"基思说，"我管它叫'白尼龙'。"

"我管它叫'肥料'。"汤姆说。

"是'白尼龙'。是草的味道，前调是……噢，算了。"基思说，"我承认这味儿有点儿过头了，我得再做一款。个人风格强烈的香水能让我离赢得参赛机会更近一步，天才都非常在意自己闻起来的味道。"

接着，基思抓过《基思之书》，在里面迅速地划拉了几笔。

天才闻起来是卓越的。

"好了。我们去公园吧，"基思说，"我要为天才味道做点儿工作，你来吗？你可能会学到些什么。"

在公园里，基思开始搜集他的"味道成分"，包括几根草、一些蒲公英叶子、几片玫瑰花瓣和一把木屑。回到家后，他把它们倒在厨房的料理台上。

"你的香水里难道还打算放虫子？"汤姆问，"喏，玫瑰花瓣上爬的这只。哎呀，这堆东西看着就像是被嚼过的口香糖，里面还混着木屑。"

基思根本没在听。他把"味道成分"捞出，一股脑儿使劲塞入一个塑料瓶里，然后倒入水、几滴柠檬汁、一茶勺洗涤灵和一滴黑加仑汁。

"行了，得再等上几个小时让它变得完美。还有充足的时间为试镜做准备，现在，咱们烘焙去。"

"为什么要烘焙？"汤姆问。

"跟别人初次见面时，最好带上点儿什么作为礼物，比如手工糕点。"基思说，"我要做几片基思特制薄饼。"

"感觉有点儿不靠谱……"汤姆说。

"很好吃的。"基思说，"把燕麦递给我。"

基思去忙活了。厨房很快就变成了灾难现场：到处都是燕麦片，糖粒也撒了一地，基思走动时脚下发出嘎吱嘎吱的响声；基思的 T 恤前面染上了一大块黄油渍，形状有点儿像非洲大陆；从茶叶到压碎的香蕉到细粒肉酱，基思特制薄饼的材料乱七八糟地铺满了料理台，糖浆罐就挨着基思几天前用来给面包做防水的清漆筒。

"这两罐里的东西可别弄混了。"汤姆指着这两个罐子，大笑着说。基思根本没在听。

"大功告成。"基思把薄饼放进烤炉，说道，"我已经为《青少年超级大脑》的试镜做好准备了，等我大显身手吧！"

第十章
去试镜

老基思答应带基思去参加《青少年超级大脑》试镜。基思的爸爸上班去了，妈妈带敏去听一堂几何学大师的全天课，课后还要参加呼啦圈培训班。他们压根儿就不知道他们的儿子正在为准备一个天才比赛使出浑身解数——基思没告诉他们。

"我们开'漂流者'去吧？"老基思说，"演播室就在运河边。"

于是，早上七点半，基思便大踏步沿着纤道来到老基思的货船旁，跳上船。"漂流者"的引擎嘎嘎作响，他们沿着运河出发了。老基思穿着一件紫色披风，威武而自信地站在船头。驾驶"漂流者"时他总是穿上紫披风，没人知道为什么。

"切达奶酪！"花生呱呱叫道。

基思站在前面，背包放在脚下的甲板上，包里装着他的特制薄饼、他的新香水"氧气面罩——天才的味道"、《基思之书》，还有老基思特意为他做的薯片三明治。

"饥饿是天才的敌人。"老基思说过。基思把这话记在了《基思之书》里。

他们向着上游行驶了一阵儿，老基思突然把"漂流者"倒了个方向。

"桥太低了，"他说，"船往前走不了了，你现在跳下去吧。离演播室不远了，我找到地方停船后就去找你。"

基思跳到纤道上。他一路朝演播室跑去，抵达的时候又热又喘，脸再一次变成了"挫败的李子色"。

"你迟到了五分钟。"一个组委会的工作人员说，"好吧，别紧张，我是艾利。你自己来的吗？"

"我爷爷在后面，"基思说，"他在找地方停船。"

"我想我……明白了。"艾利说，"跟我来吧。"

艾利把基思带到一个大房间里，已经有许多孩子等在那里了。他们看起来都特别严肃，身边还陪着同样严肃的大人。基思偶然听到一个父亲对他的儿子说："不许失败。"基思注意到这些大人里没人穿紫披风，没人肩上站着鹦鹉。

"我来介绍一下今天的流程。"艾利说，"这是试镜环节，通过的人就算进入了青少年超级大脑比赛的第一轮，可以上电视。首先，我们会在镜头前采访你，采集一些你的信息。大多数人都很容易通过这一关，我的意思是，只要你别说些特别疯狂的事。"

基思勉强笑了笑。

"然后我们会举办一个迷你竞赛，选手在现场就位，需要用到蜂鸣器。"她继续说道，"你会面对其他两名竞争者，如果你赢了，就算通过。还有什么问题吗？"

基思坐下来看别的孩子接受采访。一个男孩被问到为什么他想要赢得比赛。

"在人生中，你总是在跟别人竞争。如果你自己不驱动自己，就赢不了。"他如此回答。

基思想：哇哦，我以前从没那么思考过人生。

接着一个女孩被问到赢对她来说意味着什么。

"一切。"她说，"人们只记得第一名，不记得第二名。"

这话对吗？基思想知道。他试图想出一些差不多的可以撼动人的话，好在他被采访的时候说。但他还没来得及想出点儿什么，就已经被叫到名字了。

"你好，基思，你在闲暇时间会做些什么事？"采访者问。

"我用脚指甲做实验，"基思说，"我也做测试鸟类喜欢吃面包上抹什么东西的实验。我发现了很多很酷的事，比如蜗牛一觉可以睡三年。我也看侦探片，《米特和图威》是我的最爱。"

"你为什么想要赢得青少年超级大脑比赛？"

"为了奖金。"基思说。

采访者看起来特别震惊。

"我有可能把那笔钱……捐给慈善组织……"基思补

充道。

采访者笑了。

"祝贺你，你通过了这次试镜。"

第十一章
初次见面，请多关照

看着其他孩子接受采访，谈论着他们对于获胜的期待，基思觉得有点儿无聊，便待在角落吃起他又咸又酸的薯片三明治来。

"老基思去哪了？怎么还没来？"他嘟囔着。

基思感觉到有一点儿孤独，他想起了敏。如果敏在这里就太棒了，她会给他建议和支持，或者爸妈来给他打气也好呀，其他所有的孩子都有父母陪着。不过，这些父母看起来都超级紧张，他们不停跟自己的孩子说"要聚焦胜利""别认输""答题要全神贯注""别溜号"等诸如此类的话，但看起来似乎没什么效果……

"基思·基思欧弗森。"一名助理叫道。

第一轮比赛开始了。基思被带到一张嵌着屏幕的长桌前就座，他的手颤抖着放在了蜂鸣器上，心中开始激动起来。

一个女孩坐在他左边。她穿着针织衫，头发整齐地绑成一个马尾，正在咬指甲。

"你看起来很了解指甲，"基思对她说，"因为你好像挺喜欢啃指甲的，你觉得指甲离开身体后还能存活吗？我正在做一项实验……"

恐慌的表情闪过女孩的脸。她把指甲啃得更快、更用力了。

"别啃指甲了，来尝尝我的特制薄饼吧。"基思说。

他把盒子递给她。她神经兮兮地拿过一块，像仓鼠在咬一根巨大的胡萝卜似的咬了一小口。

"真是……一种相当不寻常的风味啊。"她说，"我想

喝水。"

她拿起桌上的水壶，给自己倒了一杯水，咕嘟咕嘟地大口吞下。

"我的天哪！我觉得我嘴里还有味儿，一种不正常的化学味道。"她一边说，一边把空杯倒满，继续喝水。

"那可能是细粒肉酱的味儿。"基思说。刚说完，他就想起了厨房料理台上并排摆放的清漆筒和糖浆罐，他产生了瞬间的怀疑。"顺便说一声，我叫基思。"

女孩没理会他，去喝第三杯水。她先漱了漱口，再将余下的水一股脑儿吞下。

"糟糕透顶。"她嘟囔道。

"很高兴认识你。"基思说，"我叫你'小糟'行吗？"

基思接着转向另一个参赛者，问："你要不要薄饼？"

"不，谢了，我不吃甜食。"那男孩说，"糖分会影响我的大脑运转。"

"克雷利安，别碰那些饼！"观众席里的一个女人吼道。

"没事，妈妈，我一口都没吃。"他喊了回去。

"记得，蛋糕和饼干绝对、百分之百不能吃，哪怕你过生日时都不许吃——尤其是在你生日时！告诉我，这是为什么？"

"我们唯一需要的甜是成功的甜。"克雷利安严肃地回答。

"大声点儿！"他妈妈说。

"我们唯一需要的甜是成功的甜！"克雷利安大声地重复

道，但是脸有点儿红了。

基思忍不住哈哈大笑，克雷利安瞪着他。

"我给你留一块，免得你改变主意。"基思悄声说，"你知道狐狸喜欢三明治吗？"

克雷利安还没来得及回答，观众席上便传来一声响亮的喊叫。

"布里奶酪！布里奶酪！"

"花生，"基思大声喊，"还有老基思，你们终于到了！"

老人带着鹦鹉坐了下来。基思朝他俩挥了挥手，接着灯变暗了。另一个年轻的助理坐在提问席上，她带着厚厚一沓印着问题的卡片。

"欢迎来到《青少年超级大脑》的试镜现场。"她说，"我们会从单人问答开始，在45秒钟内，每一名参赛者需要尽可能多地回答问题，祝你们好运。克雷利安，你第一个答题吧。如果你准备好了，你的45秒钟现在开始。"

第十二章
我过关了

　　克雷利安回答了很多问题，真的很多。每答对一道题，他妈妈就会朝空中挥舞一下拳头，然后焦虑地等待下一个问题，她的手一直在身前紧紧握着拳。

　　基思感到自己的胃有点儿不舒服，难道是因为紧张？天才应该从来不紧张吧？大概是饿了。他看了一眼带来的薄饼。他旁边的女孩还在喝水，她都喝了差不多六杯了。

　　"莎菲，轮到你了。"提问人说。

嗡!

按键的人是基思。

　　"她名叫'小糟'，不是'莎菲'。"他说，"全名是'糟糕透顶'，大概是这个名字，反正你们知道意思。哇哦，这蜂鸣器的声儿可真大啊。"

　　观众席里的一些父母大声地叽叽喳喳起来。

　　花生再次嘎嘎地叫起了"布里奶酪"。

　　"请注意不要再打断我了。"主持人说，"莎菲，你的45

秒钟现在开始。"

　　莎菲像克雷利安一样答了很多道题。基思的肚子又抽动了。他伸手去够薄饼，但没有时间了，聚光灯这回打到了他头上。

　　"准备好了吗？"主持人问。

　　"不，我不是'准备'。我是基思。"他说，然后笑了。其他人都没笑。

　　"实际上，没，我没准备好。"他说，"我忘记喷上我的新香水了，'氧气面罩——天才的味道'。"

　　基思在背包里摸索，找到了香水瓶，香水已经变成了令人担忧的棕色。基思闻都没闻，就滴了几滴在手掌中，抹到脸上。

　　"容许我问一下，那个可怕的味道是什么？"克雷利安问。

　　"'氧气面罩'，我的新香水。"基思说，"你不觉得一个人闻起来的味道是很重要的吗？我觉得它闻起来棒极了，再说，跟我之前做的那几款香水——'白尼龙'和'真莱卡'比起来，这款味道算是很清淡了。"

　　"你的 45 秒现在开始。"主持人说，"山和山之间的狭窄的小径又叫什么？"

　　基思摇了摇头。

　　"过吧①。"他说。

_____
① 基思在这里说的"pass"，在英文中还有"道路""山口"的意思。

"正确。"

"哈，我真棒！"基思说。

"众所周知，诗人伯蒂·博什·斯伟利（Berty Bosh Swelly）有一只盲眼的宠物鹿，这头鹿的名字叫什么？"

"没概念①。"基思说。

"正确。"

"阿——嚏！"克雷利安突然来了一声，"是他身上那个难闻的香水害我打喷嚏的。"

"哪种意大利奶酪以其蓝色的纹理和浓郁的风味而闻名？"

"戈贡佐拉奶酪！"花生尖叫道，都不用基思开口了。

"正确。"主持人说。

莎菲又喝了一大杯水，想要冲刷掉薄饼可怕的味道。克雷利安大声打了一个喷嚏，随后擦了擦眼睛。

"将这句名言补充完整，来自《哈姆雷特》的名句：生存还是死亡……"

"这是什么问题？②"基思问。

"是'这是一个问题'，但我算你得分。"主持人说。

嘀嘀嘀！

① 此处是一个英文谐音词。原文为"no idea"，即"no eye deer"（无眼／盲眼鹿）的谐音。基思实际上不知道答案，但他表示不知道的回答被当成了正确答案。

② 基思不知道这个问题的答案，于是反问"这是什么问题"。他的回答与正确答案十分相似，所以得分。

45 秒钟结束了。

"单人问答现在结束。基思，你得到四分，"她说，"克雷利安和莎菲也同样得了四分。"

观众掌声雷动。

"现在，到了抢答环节，谁都可以回答，把你们的手放在蜂鸣器上。请说出你们前方屏幕上标红的国家的名称。"

"我看不见。"克雷利安懊恼地说，他揉了揉眼睛，又打了个喷嚏。

莎菲在座位上焦躁不安，不看屏幕。

"是阿塞拜疆。"主持人说，"下一个问题。弗朗兹·福拉普有一幅关于玛丽女王的著名画作，画中女王抱着什么？"

"阿嚏！"克雷利安又打了一个喷嚏。

"不对，不是阿嚏，是一种剑。"主持人说。

克雷利安快速眨着眼，他的眼皮此刻又红又肿。

"海军上将克诺克·博克斯勋爵最著名的遗言是什么？"主持人继续问道。

嗡！

"我要去洗手间。"莎菲说。

"不对。"

"不是，我真的要去洗手间。"莎菲说。她从座位上跳起，跑下舞台。观众张大了嘴。

“不得不走的话，你就走吧。”基思说。

“电视演员马尔科姆·梅杰最出名的角色是什么？”

终于有了一个让基思有把握按下蜂鸣器的问题，于是大家听见嗡的一声。

“调查员图威！”他忍不住高喊，“在《米特和图威》里面！”

“正确。”主持人说。

“那是我孙子。”老基思对坐在他旁边的女人自豪地说。

哔哔哔。

“抢答环节结束，基思获得最高分。祝贺你，你已经进入了青少年超级大脑比赛的初赛。"

基思从座位上高高跃起，在空中挥了一下拳头，吼道："耶！耶！耶！"

老基思在观众席上欢呼喝彩，花生则在演播室上空绕着圈飞来飞去。

"不公平！"克雷利安吼道，"他那个愚蠢的香水熏得我不停打喷嚏，还让我流眼泪，我都看不清东西了。"

"还有我，我一直猛喝水，就为了把他给我的特制薄饼的可怕味道从嘴里冲走，结果上厕所让我错失了最后一道题的答题机会。"莎菲说。

"按时上厕所以及来参加比赛前就考虑好自己的过敏问题是参赛者的责任。"主持人说，"基思过关，就这样吧。"

第十三章
敏的建议

一回到家，基思就去敲姐姐的房门。

敏打开门，探出头。

"什么事？"她问，接着便闻到基思发出的一股臭味儿。

"你好难闻！你是不是又制作了可怕的香水？"

"咱们不应该这么谈论刚刚通过青少年超级大脑比赛第一回合的参赛者。"基思说。

敏惊讶得下巴都要掉下来了。

"你开玩笑吧？"她说，"你去试镜了？还通过了？什么呀！你怎么通过的？"

"随便走个过场，轻松过关。"

"你的意思是你作弊了？"敏说，"要么其他参赛者是笨蛋，要么是他们生病了，还是其他原因？"

"他们都超级聪明，知道许许多多的事情，但最后，我是最大的赢家。"基思说，"你要来一块薄饼吗？"

敏拿起一块咬了一口，马上就吐了出来。

"这味道简直可怕！"她说。

"嗯，有个参赛者也这么说，她说有种化学味道。可能是清漆，我也不确定……"

"等等，你把用清漆做的薄饼给了其中一个参赛者？"敏问，"嘴里有这么一股味儿，难怪她没法儿回答问题。还有其他人吃了吗？"

"没有，但坐在我另一边的人很无礼，说我的新香水很臭，他还不停打喷嚏。"

"也就是说，你给一个人下了毒，还让另一个人过敏！"敏说，"你就是这么通过试镜的？何况，你是因为在报名表上写了我的兴趣才能去试镜的，你实际上就是偷了我的大脑。"

"但我赢了呀。"基思抗议道。

"好吧，你需要更多难吃的糕点和难闻的气味才能闯入决赛。"敏说，"现在从我的房间出去吧，你真是难闻得不得了。"

"是'氧气面罩——天才的味道'。"基思说。但敏已经当着他的面把门砰地关上了。

敏说的有道理吗？基思是靠他的薄饼和香水过关的？怀疑像是一只可怕的松鼠在啃咬着基思，他真的非常怀疑自己。第二天，当他走进厨房做吐司时，这种感觉依然挥之不去。敏的一本数学书躺在桌上，他伸出一根手指头，慢慢把书够过来，像是在提防会有可怕的怪物从书里蹦出来一样。他打开了书。

"每个平方数都是两个或多个连续奇数的和。"基思读道。

他猛地合上书。

"算了，没必要。"

然后他想起了自己写在《基思之书》里的话："天才永不放弃。"

基思再一次打开敏的数学书，深吸一口气，开始看切线和三角学的内容。他看了一分钟，或许是两分钟，接着产生了一种想要戴上微波炉手套狠狠打自己脸的强烈冲动。

他真的打了自己的脸。

然后他决定去图书馆，也许那里的书会更有用，也更有启发性。他花了一个小时开心地在书架之间游走，随机抽出书来翻看。最后，他带着《种植青苔新手入门》和《薯片简史》离开了。

回到房间，基思坐在书桌旁，开始草草记下他认为重要的事实，并称它们为"基思知识块"。

稍后敏走进来，看到基斯在写着什么，便凑上去细瞧，顺嘴就念出了声。

"烤袋鼠肉有炸薯片的味道。"

"这是我的'基思知识块'。"基思说，一边得意地笑着。

"这知识块不错，但不会出现在比赛里。"敏说。

基思叹了口气。

"比赛有数学环节、单词环节和常识环节，"敏说，"你应该看看这几方面的书。"

"听起来要看好多内容。"基思说。

"的确，"敏说，"我房间里关于这些内容的书有好几百本呢。"

"你都看过了？"基思问。

"当然了，"敏说，"我永远都在学习。"

"你什么时候看《米特和图威》呢？"

"我都不知道那是什么。"敏说。

"你跟朋友玩吗？"

"我没什么朋友。"敏说，"我在比赛中遇到的孩子都太有竞争意识了，很难相处。他们全都带着一副'我必须赢，我必须赢，别挡我的路，我要去赢得更多比赛'的派头。"

基思点了点头。

"这压根儿就不是我认为的天才该有的状态。"他说，

"我觉得当天才应该是轻松的，而你刚才说的这些孩子听起来非常满负荷。没想到你的生活这么满负荷，简直是超负荷。"

"你别一口一个'满负荷'了。"敏说。

基思拍了拍敏的头。

"你是在试着再一次偷走我的大脑吗？"敏问。

"不，只是为了显示我对它的尊敬，那儿有一个努力工作的大脑。"他说。

敏又读了一条"基思知识块"。

"'苔藓很有弹性，在上面行走的感觉很好。'这与其说是一个事实，不如说是一种观点，这也不会出现在比赛里的。"

"那比赛里会出现什么呢？"基思问。

"我怎么知道？"敏说，"我再聪明也没法儿预测未来。"

"你也不是'那么'聪明呀……"基思喃喃道，"听着，姐姐，第一回合的比赛就在后天，我真的需要赢，进入决赛，然后再赢，得到奖金，这是我能去发明家大会的最后机会了。我该怎么办？我能跟你借几本书吗？如果我从现在开始什么都不干只看书，是不是就能赢？"

"临时抱佛脚？"敏说，"那可不管用。学习就是要持之以恒，一小时一小时地学。"

"可我没有'小时'了。"基思说，"我快要把'小时'用光了，几乎不剩什么'小时'了。你必须帮我！"

"好吧，好吧，冷静。"敏说，"我可以借你几本书，但我不确定对你有没有用。"

　　"嗯，我也没别的办法了，总得试试，不是吗？"基思说。

第十四章
初赛前一日

第二天早晨，基思在一堆书下面醒来，身上还穿着昨天的衣服。他眯着眼打量了一圈房间，到处都是书，似乎这儿刚刮完一场飓风。他瞌睡得厉害，迷迷糊糊中努力回想着发生了什么事：

- 他开始看敏给他的书；
- 他努力挣扎着要理解其中一本，接着却把它扔到一边，换成另一本；
- 他跟那些复杂的知识"搏斗"时，完全没有意识到时间的流逝；
- 他感到一只巨大的猩猩拖着他穿过糖浆，进入一个黑洞；
- 他最终扛不过睡意，睡了过去。

基思听到有人叫着"马苏里拉奶酪"，紧接着看到花生飞进了房间，它身后跟着老基思。

"我给你买了个小圆面包。"老基思说。

"小圆面包？没时间吃什么面包了，我得学习。"基思说。

接着敏出现了。"怎么样了？"她问。

"还能怎么样？太可怕了！太多要学的了。太多的日期、数字和知识了。"基思说。

"我早就告诉过你临时抱佛脚不靠谱。"敏说。

基思发出了一种奇怪的声音，介于怒吼和抱怨之间。他把几本书从床边踢开，蜷起身，把头埋进枕头。

"怎么了，孩子？"老基思问，一边轻轻地把基思的身子摆正。

"我学了一个通宵，试图搞懂那些天才该懂的东西，"基思说，"但那不可能。我以为我能成为天才，赢得去发明家大会的奖金，但我错了，我做不到。我跟敏真的不一样。"

"不，你就是你，你本身就很棒啊！你已经知道很多事了，对不对？而且你很有创造性，还有谁能想得出防水面包呢？"

"那倒是真的。"基思吸了吸鼻子，"我还发现鸽子喜欢吃马麦酱，狐狸喜欢吃三明治。"

"我就说吧，你就是想太多了。"老基思一边说，一边轻轻拍了拍基思的头，"睡一觉吧，明天你要做的就是放手一搏，表现出你最好的状态。记住，我会在观众席为你欢呼，花生也会。做你自己就好，说不定你会让你自己惊喜呢。"

老基思帮基思盖好被子后，基思睡了一个沉沉的好觉。几个小时后，他醒了。他采纳了老基思的建议，这天接下来的时间就只是休息。他吃掉了小圆面包，去公园好好散了个步，顺便去探访了一下汤姆，还在《基思之书》中又添加了几条智慧之语——"天才都会吃小圆面包"之类的。他再也没有学习过。

傍晚，老基思打来电话。

"你现在感觉怎么样？"他问。

"还不错，"基思说，"按照您的建议，今天我都用来休息了，所以我感觉很好。我真的、真的非常想赢得明天的比赛，您知道那笔奖金对我来说意味着什么，但我唯一能做的就是用自己的方法去尝试。"

"那就对了，孩子，"老基思说，"你能做的就是'做基思'。"

上床睡觉前，基思摆好为明天准备的服装。他在抽屉深处发现了一条非常旧的长裤，这条裤子褪色十分严重，基本看不出来原先是黄色的。他记得敏曾经笑话他为了幸运而穿黄色裤子的举动，但她自己也会穿幸运袜，不是吗？基思找回了自己的幸运裤，虽然它已经又小又紧。

接着他摆好了T恤和牛仔外套——没有墨镜，没有高领衫。只是基思，作为基思，穿得像基思，必须是这样。

第十五章
明星选手

第二天早晨，基思在公交车站遇见了老基思。今天没有货船，也没有桥，即使这样，老基思也依然穿着他的紫色披风，花生依然栖息在他的肩头——他们一同乘公交前往电视台的演播室。

他们出现在后台，空气中的紧张感如圣诞蛋糕上昂贵的蛋白糖霜般稠密。

"你一定要全神贯注。"一个爸爸对他神经分分的儿子低声说道，"除了赢，其他什么也不要想，其他一切都不存在。"

一个女孩在咬她的长头发；角落里的一个男孩大步地走来走去，而他妈妈则在跟人说"他现在惹不起"。

突然，房间里安静了下来。一个有着黑色眼睛和顺滑黑发的高个儿男孩大摇大摆地走了进来。大多数孩子穿的都是针织衫，这个男孩却穿着一件皮夹克，里面套着白T恤。孩子们用崇拜的目光盯着他看，他们的父母也如此。

"那是谁？"基思问咬头发的女孩。

"是帕特森·帕特森。"她低语道。

"好滑稽的名字。"基思说。

"他是个天才。"女孩补充道。

很好,哈!基思心里想,但他什么也没说。

帕特森·帕特森坐在角落里,跷着二郎腿,直勾勾地看着前方,极端冷静,极端孤单。他旁边没有焦虑的爸妈陪同,没有人不停叮嘱他要沉住气,要全身心投入——当然也没有肩膀上站着鹦鹉的爷爷来给他打气。

"他真像冰人。"基思喃喃道。

房间深处的一扇门缓缓打开,基思走过去瞥了一眼,里面是演播室大厅。大厅里有若干巨大的摄像机和灯,工作人

员跑来跑去地调整各种设施，还有观众，数量庞大的观众，成百上千人在等待比赛开始。

制片人解释道，孩子们会被一个个叫到，首先是数学环节，然后是单词，最后是常识。她指出他们应该就座的位置——舞台的旁边，在摄像机里一览无余。

"那就意味着你不能挖鼻孔了。"基思用胳膊肘推了推咬头发的女孩，开玩笑说。她痛苦地尖叫了一声，就好像被海鸥叼走了自己的冰激凌，接着又继续咬头发。

孩子们拿到了各自的姓名牌。有一个叫提图斯，两个叫帕西法（其中一个就是咬头发的女孩），一个拉尔克，以及一个帕特森·帕特森。但是没有名字叫基思的，基思是唯一的基思。

"祝你好运，孩子。"老基思说，"保持做基思就好。"

天才儿童们纷纷被引导入座。

主持人罗伯特·罗宾逊走进了现场。他个子高高的，秃顶，看起来特别特别严肃，像是会把在图书馆科普区偷吃薯片的人揪出来的图书馆管理员。

"他看着有点儿吓人。"基思对提图斯低语道。

提图斯紧张地吞了口唾沫。

比赛开始了。提图斯、拉尔克和两个帕西法都回答了各自的数学问题，基思觉得这个过程无比漫长，他宁愿把有毒的水母戳在他那条又紧又不那么黄的幸运裤上，也不想再继续坐在这里了。但这时，帕特森·帕特森大踏步走上了答题台。

他比其他参赛者都高出许多，观众似乎都坐直了身子，集中了注意力。他看向他们，平静而冷冽，就像一根冰镇过的黄瓜，基思觉得帕特森·帕特森的眼睛像鲨鱼之眼——冷漠又毫无生气。

帕特森·帕特森像机器人一般毫无差错地顺利通过了他的数学环节。

"真棒，祝贺你。"他回到自己的座位上时，基思对他悄声说。

帕特森·帕特森抬起手，做了个"住嘴"的手势。"别让我分心，"他说，"没人能让我分心。"

接着罗伯特·罗宾逊又说：

"现在让我们欢迎基思·基思欧弗森上台。"

终于，轮到了基思。

第十六章
数学比赛

"你的 60 秒开始了。"罗伯特·罗宾逊说,"4 的平方乘以 2 再加上 16 是多少?"

"好问题。"基思说,"应该是个很大的数,对吗?"

"请回答问题。"罗伯特·罗宾逊说。

"400 以上,600 以下?"基思试探着说。

"请回答问题。"罗伯特·罗宾逊再次说。

"你能给我一点儿线索吗?"基思说。

观众席上有人笑出声来,罗伯特·罗宾逊朝那边怒视了一眼。

"我忘记你说的那些数字了,"基思说,"是 4 乘以什么对吧?我晚点儿再告诉你。"

观众席里传来了更多笑声。

"25 的平方根除以 75,得多少?"罗伯特·罗宾逊问。

"哎呀,这可不好算,"基思说,"我得用计算器算一下。"

"这个环节不允许使用计算器。"罗伯特·罗宾逊生气地嚷道,"下一题,12 乘以 3,加上这个数的一半,再加上

13，得多少？"

基思眨了眨眼。

"我无法回答这个问题，罗宾逊，"基思说，"对不起。"

观众席里有人在嗤嗤笑。

"他在干什么？"一个帕西法悄悄问另一个帕西法。

"如果你同意，我们可以在这里打住了，"基思说，"或者，你也可以回答我一个问题。你为什么老是一脸严肃，鲍比？"

观众席里传来了吃惊的声音。

"我叫罗伯特，不是博宾或鲍比。"

"抱歉，罗宾。我的意思是，大多数参赛者压力都非常大，除了年龄大一点的'拍拍森·拍拍森'，而你的样子只会让大家更紧张。"

罗伯特·罗宾逊狠狠盯着基思，但什么话也没说。

"这里太压抑了，我们得放松放松。"基思说。

有人在观众席里大喊："没错！"

嘀嘀嘀。

"基思，你一分也没得到。第一回合结束。"

罗伯特·罗宾逊说完就走开了。

基思点了点头，嘟囔道："很公平。"但他的声音已经被鼓掌声淹没了。他转身面对观众，鞠躬，他那本来就又紧又不黄的裤子更加不舒服地绷在他身上，但他并不介意，因为观众鼓掌鼓得更激烈了，甚至当演播室的灯光全部点亮，参

赛者被领出演播室时，他们依然在鼓掌并且微笑。

　　选手们回到等候室，那里的桌上有一堆三明治、水果和果味汽水，但没人动。帕特森·帕特森在角落里站着，用他的"鲨鱼眼"打量着房间，其他的家长都在忙着辅导他们的孩子。一个帕西法正在悄悄啜泣，因为她答错了一道题，她妈妈站在旁边，拍着自己的手表。

　　"没时间掉眼泪了，帕，"她说，"你一哭，你的对手就笑了，记住没？"

　　当一分也没得到的基思·基思欧弗森穿过房间时，一些参赛者抬起头来羞涩地看着他，那个跟他说过话的提图斯也冲他轻轻地挥了挥手，但被人看见后又马上一本正经地把手贴在裤缝上。

基思找到了老基思，老基思拥抱了他，大大的紫色披肩将他包住。

花生啄了一下他的耳朵，呱呱叫道："戴里利三角奶酪！"

"表现一般。"基思说，"那些问题太难了。"

"没关系，孩子。"老基思说，"你表现得很有基思风格，这就很好，你也听到那些掌声了，观众喜欢你。"

一个小男孩跑到基思跟前，要他的签名。

"你太酷了！"他说，"你是真的什么都不知道吗？了不起呀！"

"嗯……谢谢。"

"下一个环节你还会拿不到分吗？"男孩问。

基思咬起三明治，不发一言。

第十七章
单词与常识

第二个环节是考单词，参赛者要尽可能多地回答问题。但谁也比不过帕特森·帕特森，他不费吹灰之力地一路领先。

"老天爷呀，他可真棒。"基思对一个帕西法悄声说道。

终于，基思被叫上答题台。

"大家好，又见面了。"他说，"我希望每个人都吃了一顿愉快的午餐，你们试过那些奶酪三明治了吗？特别好吃，里面的腌黄瓜相当不错。"

观众席里有人大笑，提图斯和拉尔克看起来更加兴奋了，空气里洋溢着大家的期待。每个人都看着基思，除了帕特森·帕特森——他直勾勾地看着前方。

"我们可以开始了吗？"罗伯特·罗宾逊问。

"可以了。"基思说。

观众席里，一个女人在暗笑。

"没关系的，你可以笑。"基思说，"今天上午这里的气氛实在太压抑了，大家都需要稍稍放松一下。"

一个帕西法拘谨地笑了一下。

"从现在开始你有 60 秒钟。哪个单词是以 m 开头，11个字母，形容爱捉弄别人的人？"

"是指瞎胡闹的人吗？"基思问，"messabouter① ？"

观众大笑。

"正确答案是mischievous（捣蛋者）。"罗伯特·罗宾逊说。

"有什么 7 个字母，以d开头的单词，意思是在别人做事情的时候打断他们？"

"debother？ debungle？ debutt-in-on ？ ② "

观众再次大笑。

"disturb（干扰）。"罗伯特·罗宾逊说，"哪个单词以 w 开头，9 个字母，形容某人或某事非常好？"

"well good③ ？"基思说，"weally nice④ ？ wicked（邪恶的）？ 不对，这不是 9 个字母。嗯……稍等，我知道的……"

"wonderful（太棒了）。"

"还是等我答出来再夸我吧。"基思说。

观众已经笑疯了。

"不，'wonderful'是答案。"罗伯特·罗宾逊说，"哪个单词有6个字母，以t开头，形容残忍或不公平地对待别人的人？"

---

① "瞎胡闹"的短语形式为 mess about，而基思说的 messabouter 是他生造的词，英文中并没有这个词。

② 基思说的三个词均为生造词。其中de为表示否定意义的前缀，bother意为"打扰"，bungle意为"搞砸"，debut意为"初次亮相"。

③④ well good 和 weally nice 又是基思生造的词。

"turnip（芜菁）？"

"tyrant（暴君）。"罗伯特·罗宾逊说。

"暴君真是太坏了。"基思说。

更多的笑声响起。

嘀嘀嘀。

"本轮结束，基思，你总共得到零分。"罗伯特·罗宾逊说。

观众疯狂地鼓掌、呐喊，声音充斥演播室。有人大吼："加油，基思！"基思再度鞠躬，这让他们更加使劲地鼓掌——也再度让他的裤子变得格外勒人。

最后一个环节是常识竞赛。拉尔克、提图斯和两个帕西法现在看上去都不那么紧绷了，他们在微笑，朝观众挥手，基思已经把些许阳光带入了天才儿童们的严肃世界。

接下来帕特森·帕特森走上了答题台，观众席里传来轻轻的嘘声。他毫不迟疑、稳如泰山地回答了自己的问题，他就像一辆跑车，呼啸着超过一辆辆慢悠悠的货车。观众礼貌地鼓着掌。

接下来，一阵激动的涟漪在观众席荡漾开，因为大家意识到下一名选手就是基思。当基思起身时，一个观众喊道："基思！基思！"另一个观众也跟着喊，最后几乎每个观众都在喊他的名字。当基思终于站上答题台时，观众席爆发出山呼海啸一般的掌声。

"安静。"罗伯特·罗宾逊说。

"加油，基思！"一个观众喊道。

"你可以的，基思！"另一个观众也喊了起来。

"继续'基思'下去！"老基斯喊道。

"双格洛斯特奶酪！"花生叫道。

帕特森·帕特森的"鲨鱼眼"因为愤怒而眯了起来。

"安静！"罗伯特·罗宾逊喊道，"基思，你的 60 秒钟开始了。古巴的首都是哪里？"

"毫无头绪。"基思说。

"不，是哈瓦那。"罗伯特·罗宾逊说。

"我说的就是啊，哈（毫）瓦（无）那头绪。"

"给他分！"有人吼道。

"对啊，给基思分，给基思分！"更多的人吼道。

罗伯特·罗宾逊暂停了一秒钟，接着按下他桌上的按钮，基思终于得了一分。演播室里响起了欢呼声。

"土拨鼠是什么？"

"这个容易！是一种抹面包的酱①。"基思说，"顺便说一句，鸽子喜欢这玩意儿。"

"不正确。是一种大型松鼠。"罗伯特·罗宾逊说。

观众席爆发出大声的叹气声，他们似乎很失望。

"现在的威尔士旗上有什么动物？"

---

① "土拨鼠"英文为 marmot，基斯听错了，以为主持人说的是他熟悉的马麦酱
（marmite）。

"也许是……鲸①？"基思说。观众席上的笑声越来越大。

"这道题我不会，罗伯特。但我知道碰到熊的时候怎么自卫，你要不问我这个？"

"对嘛，问他碰到熊的时候怎么自卫！"有人吼道，"问啊！"

"我不会问这种问题。"罗伯特·罗宾逊说。他现在看起来满脸挫败感。

"这可是很有用的知识，罗布。"基思说，"等下回你遇见熊，你会后悔自己没问这个问题。"

嘀嘀嘀。

本环节的时间到了。

"基思·基思欧弗森，你一共得到了一分。"罗伯特·罗宾逊说。

观众热情爆棚，"基思！基思！"的欢呼声充盈着演播室。

基思微笑着挥手致意，观众纷纷起身，掌声越发热烈了，花生盘旋在人们头顶，大叫着："文斯利代尔干酪！"

"我在主持生涯里从没见过这种事。"罗伯特·罗宾逊说。

帕特森·帕特森冲出了房间。

---

① "威尔士"的英文是Wales，"鲸"的英文是whale。基思不知道威尔士旗上有什么，纯粹是根据读音瞎猜的。

第十八章
爸妈知道了

回到家，基思一屁股坐到床上，长叹一口气。这是怎样的一天啊！人们喜爱他，并不是因为他像敏一样知道得很多，而是因为他是基思，他表现出了基思风格。他今天一天获得的鼓励比这么多年来从父母那里获得的都多，这让他觉得妙不可言。

没有那么妙不可言的是基思并没有进入决赛，这意味着没有奖金，没有发明家大会，但起码他放手一搏了。对此，基思自我感觉良好。也许，他可以从现在开始替人洗车，为明年的发明家大会攒钱。

敏来到他的房间。

"你只得了一分？"她问，"可真是灾难。"

"我觉得算是某种奇迹，"基思说，"每个人都为我激动，他们知道我赢不了，但依然为我欢呼。"

"但如果爸爸妈妈看到你出现在电视里会说什么？"敏说，"要是我去参加比赛只得到区区一分，他们是永远都不会让我忘记这种耻辱的。我必须更努力地学习，上更多的课，我只要一想到这些就全身发抖。"

"比赛明天播出。"基思说,"也许他们会因为看到自己儿子跟天才一起竞争而骄傲呢?"

他们并没有。

当青少年超级大脑大赛的标志闪耀在电视屏幕上时,妈妈坐在椅子上的身体向前靠了靠。

"观众席里那个人是老基思吗?"她目瞪口呆。

"等等,是你,基思,你在电视里!"爸爸说。

"你们坐下好好享受节目吧。"基思说。

但没有人坐回去,也没有人享受节目。敏弓起背,用抱枕抵住脸,只能看到她的眼睛和抬起的眉毛。爸爸和妈妈张大嘴看着屏幕,偶尔发出"哦,天哪!"的感叹。

当比分牌转动时,爸爸站起身。

"我无话可说。"他说。但爸爸并没有无话可说,他比罗伯特·罗宾逊更猛烈地问基思各种问题:"你究竟是怎样进入比赛的?你是怎么想的?你为什么要那么做?"

"我以为你会骄傲呢!"基思说。

"因为你在电视上出丑?"爸爸问。

"因为你让敏难堪?"妈妈说,"每个天才儿童圈子里的人都会知道你是她弟弟。你就当着帕特森·帕特森的面说那些愚蠢的话,他可是难得一见的天才儿童,他会怎么看你?"

"谁管呢?"基思说,"他挺烦人的。再说,观众喜欢我。"

"他们是在为一个马戏团小丑欢呼！"爸爸说。

"是老基思让你掺和进来的吗？"妈妈问。

"不，是我自己的主意。"基思说，"我申请参赛，进入试镜，都是我用自己的方式做到的。"

"你为什么要这样做，基思？"妈妈问，"这是敏的世界，不是你的。"

"我想要奖金，去参加在巴黎举办的发明家大会，"基思说，"我从 6 岁起就想去那里了。你们不会带我去，你们甚至都不会提这件事，只会说不不不。后来我发现敏凭借自己的天才头脑赢得过奖金，我觉得我也可以。"

"可是，你根本不会赢，不是吗？"妈妈说，"那要经过长年累月的学习和与生俱来的天分。"

"好吧，但起码我试过，不是吗？"基思说。

爸爸妈妈什么也没说，基思跑回自己的房间。

第十九章
粉丝聚集

"哇哇哇哇哇哇！"基思又一次在尖叫声中醒来。

这一回，发出尖叫声的是妈妈。

"基思，前院的花园里有好多人！"她尖声说道。

基思睁大眼。此刻是早上七点，他看向外面，有一大群人站在花园里。

　　"他们想要什么？"他自言自语道。

　　"你，我猜。"敏出现在他旁边，说，"你在比赛中的表现引起了轰动，你现在是热门人物，有许许多多跟你有关的'热搜'，比如'基思无敌''保持做基思'，还有线上请愿呢——人们希望你参加决赛。"

　　爸爸在楼下观望。

　　"你需要让这些人离开，"他说，"他们已经越界了。如果我们从敏的拉丁语和跆拳道比赛回来时他们还没有走，那

么——我也不知道怎么办。"

基思在打开前门时还没有彻底醒透。他的粉丝们一见到他，就立刻冲了上来。

"我们觉得你在上周的青少年超级大脑比赛中的表现太了不起了。"一个女孩说，"我和家人从苏格兰一路开着房车过来，就想见见你，我们还带来了自家养的8只兔子。"

基思注意到几只黑白相间、个头儿老大的兔子蹦跳着越过草坪，其中一只还大声地打了个喷嚏。

"它们是智利的'喷嚏兔'。"女孩说。

一个满头灰色鬈发、戴着一顶写着"保持做基思"的帽子的女人推开人群走过来，抱住了他。

"说点儿基思会说的话吧。"她说。

"对呀，对呀，"所有人都在大声喊，"说点儿有基思特色的东西吧！"

"我还没有吃早餐呢。"基思说。

"太棒了！"那个女人哭喊道，"这太'基思'了。再说点儿别的。"

"如果你们想要有基思特色的东西，也许会喜欢我的书——《基思之书》，里面记载的是我关于如何做一个天才的感想，但这本书还没有写完。"

"没关系的，我们可以等。"粉丝说。

于是他们真的等着，就在原地，在屋前的花园里。有个人喝下一纸盒牛奶来娱乐其他人，牛奶溅落在他的衣服上；苏格兰那家的兔子们继续啃咬着草坪，还不时打个喷嚏。

敏和爸爸妈妈离开家去参加拉丁语和跆拳道比赛时，粉丝一拥而上，把他们团团围住，喊他们"基思的家人"。基思的爸爸跳过一只兔子，落在一个牛奶盒上。牛奶盒被踩爆了，基思爸爸的裤子被溅上了牛奶，这让他很不愉快。

上午晚些时候，基思再次去外面，请求粉丝离开，但他们依然不肯。基思说他们留在这儿会让他惹上麻烦，可是其中一个粉丝，一个名叫"大块头"的体形硕大的前摔跤手说，他会保护基思。基思随后做了一张海报，写着"请大家回去"，贴在窗户上，但人们都视而不见。

基思试图继续写《基思之书》，如果他可以尽快写完并把这本书送给粉丝，他们可能就会离开。可是他没有灵感。他决定去老基思的货船，在那里写《基思之书》。但他一离开屋子，粉丝就蜂拥上来，向他请教。

基思立马回到屋里，打电话给老基思。

"我被困住了，在自己家里。外面有成千上万的粉丝。我一出去，他们就尖叫着把我围住。"

"粉丝？因为你昨天晚上的比赛？他们想要什么？"老基思问。

"聆听我的智慧，触摸我的衣服。"基思说，"他们真的就堵在外头，我出去后吓得不行。哦，对了，爸爸说他晚上七点回家之前，那些人必须走。"

“你坚持住。”老基思说，“我这就过去，我会给你带上薯片三明治。”

半个小时后，基思从窗户里窥见老基思正跨过前院的草坪，人们聚集在他周围，喊他“基思的爷爷”。他们还试图逗弄花生，管它叫“基思爷爷的鸟”。花生冲他们嚷嚷“帕尔梅桑奶酪”，然后就扑棱一声飞走了。老基思应酬了一会儿，抱了一下刚才喝牛奶的那个人，看起来他们似乎是老朋友。

“哇，真隆重。”老基思终于穿越人潮，进屋后说，“他们的确喜欢你，连我的老伙伴牛奶人都来了，能再次见到他太好了，他也是你的粉丝吧？难以置信，你是大人物了。”

“可是成为天才不应该是这样，敏就没有那么多粉丝在前院草坪里聚集。”

“当你充分做自己时，这样的事就会发生，”老基思说，“人们看出你非常特别。”

丁零零。

基思拿起话筒。

“基思欧弗森家。是的，我是。哦，好呀。多少？您确定吗？麻烦您再说一遍。真的？五、零、零？好吧。真棒，嘿，三倍的棒！特别棒！谢谢，太感谢了，再见。”

基思挂上电话。

"你还好吗？"老基思问，"你看上去有点儿晕菜。"

　　"是电视台。"基思说，"我太受欢迎了，好多人都希望我参加决赛，电视台的人甚至付费让我出镜——500英镑！正好是我去发明家大会需要的费用。我成功了，我拿到奖金了！万岁！"

第二十章
只有敏可以去？

基思为终于获得了一笔巨款而激动不已，他足足在沙发上蹦了三分钟。

他可不是唯一为此兴奋的人。

基思要参加青少年超级大脑比赛决赛的消息一传开，他的粉丝就开始庆祝了。他们大声地放着音乐，连兔子都打了更多的喷嚏，牛奶人继续仰着头灌牛奶——但考虑到自己的乳糖不耐受症，他灌的是燕麦奶。基思走出房门，加入了他们。他把这一天余下来的大部分时间用来和粉丝跳舞，直到老基思告诉他天晚了。

"差不多要七点了，孩子，"他说，"你爸妈和敏很快就要到家了。"

"老基思说得对，"基思对所有人说，"大家得离开了。谢谢大家对我的支持和鼓励，你们现在可以回家去吗？"

"可我们都是你的忠实粉丝。"他们告诉他。

"你们能去别的地方表现忠实吗？"基思请求道。

哪怕基思全力恳求，答案仍是"不"。最终，他放弃了，躲入自己的房间，直到他又听到一声尖叫，这一回是他爸爸发出的。

"基——思！这些人怎么还在我的草坪上？"他生气地吼道。

基思紧张地踮起脚来到楼下。

"他们不走。"他说，"我努力过了，我很友善地请求他们，我还做了张海报呢。"

接着敏出现了，还抱着一只兔子。

"嘿，他们说你进入青少年超级大脑比赛的决赛了。"她说，"靠过高的人气。"

"什么？"爸爸问。

"许多人打电话去电视台，表示希望再看到基思，于是电视台就让基思进入决赛，用外卡参赛。"敏解释道。

"他们还会付给我500英镑，"基思说，"这意味着我可以去发明家大会了。"

妈妈看上去惊呆了，爸爸则显得很生气，一阵尴尬的沉默后，爸爸爆发了："基思，参加青少年超级大脑决赛的事，你想都不要想。"

"可是，爸爸，我必须去！"基思抗议道。

"我再也不会放任你有任何犯浑的行为！只有敏能去参加决赛，而且她肯定会赢。"

"嗯，希望如此吧……"敏嘟囔道。

"不，你一定会赢的，赢是最重要的事，记得吗？但基

思不能出现，外面的那群人也会离开我的草坪，因为我要叫警察了。你抱着的那只兔子也会滚出我们的家，然后我们都会坐下来吃晚餐，表现得像个正常的人类家庭，明白吗？"

爸爸妈妈大踏步走进厨房，留下基思、敏和一只打着喷嚏的兔子在门厅里。

"哇哦，爸爸要做好多事啊。"敏悄声道。

"他会发火，然后转成'大火'，暴跳如雷，然后把兔子扔出去，然后叫消防队过来……"基思也悄声道。

"严肃点儿。所以你的比赛怎么办？"敏问，"爸爸说你不能去。"

"开什么玩笑？那可是我去发明家大会的门票啊。"基思说，"何况，再次出现在比赛里简直太好玩了。"

敏把兔子放回户外。她和基思站在门外的台阶上，基思的粉丝则在歌唱："保持做基思！保持做基思！"基思先是大笑了一阵，后来他的笑容僵在了脸上。他试图让他们停下，但粉丝们依然吟唱着他的名字。基思对他们挥手、飞吻，当他终于转过身时，发现敏已经不见了。

第二十一章
如何帮助敏

基思在敏的房间里找到了她。

"怎么了？"他问。

"你什么都不会当真，对吧？"她说，"一切对你来说都是一笑而过的，包括青少年超级大脑比赛。"

"而你和爸妈对'一切'都太当真了，"基思说，"找找乐子有什么错呢？"

敏没有回答。

"我的天哪！"基思恍然大悟般地说，"你是在忌妒，对吗？"

"没有！"敏说。

"你是。"

"没有！"敏再次说。

"你就是，"基思说，"我的天才姐姐在忌妒她的笨蛋弟弟。"

"我不明白，"敏说，"你凭什么就那么出现在比赛里？事先也没有学习过，每个人却都认为你了不起。但我不得不去学习，不得不去赢，一直都是这样。我赢得越多，爸爸妈妈就越想让我继续赢下去，我也必须学习更多。你从来没有感受过任何那样的压力。"

"我啥都没感受到，"基思说，"我几乎没有压力，而你总是被压力驱使着去跟别人竞争。"

"我不得不去上芭蕾、击剑、箭术、数学和物理课，每天吃完晚饭后就是学习，周末总是有竞赛，然后要学更多的东西，还有……"

"冷静点儿，敏。"基思说。

"……钢琴考试和长笛考试，一直努力得到最好的成绩，以及……"敏大口地吞咽着空气。

基思知道他得赶紧做点儿什么。他冲进自己的房间，抓过来那瓶"氧气面罩"，再把它放在敏的鼻子下面挥舞。

敏轻轻吸了一口，然后迅速从她的恐慌状态里回过神来。

"太难闻了。"她说。

"你才难闻。"基思说。

"不，你才难闻呢。"敏说。

两人扑通一下齐刷刷地倒在床上。

"我希望我能像你那样放松、开心。"敏叹息道，"你有时间看望朋友和老基思，有时间做实验，我从来没机会做这些事。你知道我近来最放松、最开心的事是什么吗？就是咱俩戳破氦气球，吸进氦气然后用怪声说话。"

"哇哦！"基思说，"我的意思是，那是很好玩，但类似的好玩事儿，我基本天天都能碰上。"

"我太担心青少年超级大脑比赛了。爸妈说我必须赢，因为这是我最后一次去参赛了，到明年我就超龄了——这个比赛只收 14 周岁以下的选手。要是我没有赢得比赛，他们就会把我送到可怕的集训班度过剩下的暑假，让我接受更加严格、强度更大的训练，我会彻底得不到休息……"

"听起来好糟糕啊。"基思说。

"并且，帕特森·帕特森也进入决赛了。"

"时髦头发和鲨鱼眼先生？"基思问。

"他从美国搬来这里之后，一路都在赢，各种比赛！他

就是一台机器，大家管他叫'人形计算机'和'非凡大脑'。"

"他个子非常高。"基思说。

"不要在意他的个头儿，那无关紧要，他就是一个答题机器人！"敏吼道。

"他的名字首字母缩写是PP，我从来不会把名叫'屁屁'的人当一回事儿。"

"好吧，可我必须把他当一回事儿。"敏说，"如果我要打败他，就必须花额外的时间来学习，在我已经满负荷的学习之余另外下功夫……"

"或者……"基思说。

"或者什么？"敏问。

"或者你也可以不……"

"不什么？"敏坐起身说道。

"你可以不学习。休息一会儿，你太累了，休息一下没准儿能表现得更好呢。像你刚才说的，我没费什么力气就参加了比赛，我收获了很多，既得到了粉丝，也获得了奖金。"

敏有点儿歇斯底里地笑了一阵，基思冷静地盯着她。

"哦，哇，你是认真的，对吧？"她说，"你的意思是，让我表现得更像基思一些？"

"没错！"基思说，"要不要试试？"

"可是，如果我失败了，爸妈会抓狂的。"

"然后呢？"基思说，"会过去的。"

"我会被送去集训班。"

"然后呢？"基思说，"你会好好的，我会去看望你，我会给你做一款新香水，给你带一些特制薄饼，这回不会有清漆了，我保证。"

敏躺回床上思考着。

"听着，敏，你想过赢吗？你喜欢比赛吗？如果你压根儿就不喜欢这些，我倒是有一个主意。我不能帮你赢得比赛，但我可以帮助你不那么在意失败。失败并不是世界上最糟糕的事，再说，咱俩一起参加比赛这件事儿本身就很有趣，你觉得呢？"

敏认真琢磨着基思的建议，这时，一道蓝光忽然穿过窗户打到了卧室墙上。

"天哪，爸爸真的把警察叫来了！"基思边说边扒着窗户朝外偷瞄。

两名警察被基思的粉丝里三层外三层地包围着。粉丝给警察递过去打喷嚏的兔子，牛奶人给警察表演惊人的喝牛奶技艺，两名警察还被要求表演一小段舞蹈。

"太妙了，太好玩了，"敏一边说，一边咯咯笑，"我以前从没见过警察跳舞。"

"你只要跟着我，就可以经历好多这种好玩的事儿，姐姐。"基思说。

"行，你说服我了。"敏说，"我是敏，但我想要表现得更像基思，就现在，就今天。我们从哪里开始？"

第二十二章
我给敏上课

"我们需要做的第一件事就是睡个午觉。"基思说。

"为什么？"敏问，"我从来不在大白天睡觉。"

"你就睡吧，这就是基思的方式。"基思说，"我有些最好的发明就是在睡午觉时想出来的，但我只睡 23 分钟，我会定个闹钟。"

23 分钟后，敏和基思醒来了。

"真棒啊！"敏说，"我感到精神特别好。"

"这还只是开始。"基思说，"现在，来看看我的实验。"

基思给敏看了脚指甲实验，那些指甲还是没有变化，他在《极端重要的实验和发明》日志上记了一条笔记。

"它们不会再生长了，"敏说，"指甲在长出来的时候就已经是死的了，所以你剪指甲的时候才不会疼。"

"等等，姐姐，现在我是老师，是我给你上课。"基思说，"那么植物呢？它们在香肠里能够继续生长吗？"

"我不确定。"敏说。

"很好！"基思说，"看见了吧，你在书里没法儿学到所有事情，你必须自己去实践，这也是基思的方式。"

基思在《基思之书》里写下"去实践"，然后他们俩在上床睡觉之前，花一个小时做了新实验。他们趁父母没注意，悄悄溜到后院，"我们好像间谍。"敏一边咯咯乐着说，一边收集小树枝和小植株。后来敏又从冰箱里偷拿了一段新做的香肠，"我觉得自己像个贼。"她说，又一次咯咯直乐。他们把刚才捡的绿色植物戳进香肠里，基思还记下了各种细节。他俩对实验能顺利进行感到很满意，然后就去睡觉了。

第二天早晨，基思很早就起来了。敏穿着睡衣下楼去吃早餐时，惊讶地看到基思居然比她先到了厨房。"还没到八点呀，"她说，"你在这里做什么？"

"是时候做点儿造型了。"基思说。

"我是说过想向你学习，可我不用连外形都要像你吧？"敏抗议道。

"别担心，我们不过是要让人知道你那严肃的天才外表下，有一颗真实有趣的心。第一步，剪头发。"

"但我必须留长发，跳芭蕾的时候要把头发盘起来。"

"你要是再不坐下，我就要'盘'你了。"基思说。

"从现在起，好好待着别动……"基思剪掉敏的马尾辫，把她的发型一点一点修理成时髦的"波波头"。"我是个优秀的发型师，"基思说，"以前我在汤姆的豚鼠身上实践过。好了，你觉得怎么样？"

敏看向镜子，笑了。

"不一样了，"她说，"我的头发清爽了，我的心情也清爽了。"

"这还只是开始。"基思说，"我见过那些天才参赛者的穿着，包括以前的你，都有点儿沉闷——动不动就是针织开衫。敏，我觉得你现在酷多了。"

基思呼地抽出黑色高领衫和硕大的墨镜。"试试这套行头，它们对我不管用，但我觉得对你来说非常合适。"他说，"不用问，我已经为我自己准备了新的决赛行头。我重读了那些关于战争和古代勇士的书来找灵感，对于如何打扮得吸引人，我已经有主意了，当然，还得化妆，很浓的妆。快吃早餐吧，然后再吃一次，这又是一条实实在在的基思小窍门：双份早餐。"

基思迅速在《基思之书》里写下："天才会吃两份早餐"。

敏使劲嚼着她的第二份烤面包，眼睛时不时看一下钟。

"以前的敏现在已经在学习了，"她说，"都九点半了，现在的我却什么事都没有做。"

"你还没有开始你的那种学习，可是你却从大师那里学到了新的东西，是的，大师就是我。放松，慢慢品尝你的吐司，十分钟后去我的房间报到，我为你准备了一个小测验。"

基思把自己房间里的书桌从墙边挪开，然后坐在桌后，他已经在卡片背后草草写下了一些问题。敏进来后，他让敏坐在他跟前。

"敏·基思欧弗森，你有 60 秒。现在开始吧。"他说，

"说出伦敦的一处著名地标。"

"嗯，大本钟？"敏说。

"不对，正确的答案是白金汉宫。"基思说，"一个照相亭最多能容纳多少人？"

"什么？我怎么知道？5个？"

敏像一头愤怒的公牛般哼了一声。

"你应该什么时候去看牙医？"基思问。

"一大早？"敏迟疑地回答。

"错，在牙疼的时候！"基思吼道，"明白了吗？牙疼就要立刻去，不要在乎几点！"

敏一下子从椅子里跳出来，说："这是我做过的最蠢的测验，这种题我怎么可能答对？"

"不用答对，"基思说，"这就是我今天要教你的，我要让你知道把问题答错是什么感觉。你已经学会了'不把失败当回事儿'这项技能，不要耿耿于怀，敏，这是全新的你，不是那个总是在表演、在取悦爸爸妈妈的机器人。"

敏坐了回去。

"下一个问题。谁说的'我不觉得有趣'[①]？"

"维多利亚女王。"敏说。

"不对，是我，就在刚才。"基思说，"说出英格兰的一

[①] "We are not amused." 据英国侍臣卡罗琳·霍兰（Caroline Holland）在《一个老姑娘的笔记本》（*Notebooks of a Spinster Lady*）中记载，有个侍从武官在温莎城堡吃晚饭时，冒着风险讲了一个带有丑闻或不得体举动的故事。维多利亚女王听后说道："我不觉得好笑。"

条高速公路。"

"M25。"敏说。

"不对，正确答案是 M6。"基思说。

敏叹息了一声，皱起眉。

"补全一句歌词，出自披头士的一首著名的歌：'你需要的全部就是……'"

"爱！"敏大声喊道。

"烤饼。"基思说，"'你需要的全部就是烤饼。'他们后来才把'烤饼'换成'爱'。"

敏摇了摇头，但同时也在微笑。

"你怎么知道牛是否感到紧张？"

"它会打喷嚏，或是跺脚？"敏说。

"错误，它突然哞地叫——着走开。"基思说。

敏大笑不已。

"理解了吗？"

她点了点头。

"那么，等罗伯特·罗宾逊明天开始对你抛出问题时，你该怎么做？"基思问。

"试着正确回答？"

"如果没答对呢？"基思问。

"我不会担忧。我不会过于担忧。"敏嘟囔道。

"很好。"基思说，"那么，如果你想要变得真正勇敢，真正用我的方式来做事，你会怎么做？"

"把题答错？"敏说。

　　"那样是会很可怕，还是多少有点儿好玩？"

　　"可能会有点儿好玩。"敏说。

　　"太棒了！"基思说，"你花了超过60秒的时间，但祝贺你，敏，你已经开始表现得更像基思了。"

第二十三章
去老基思那里，都去

在完成基思的测验后，敏在自己的房间里播放起京剧，好让爸妈以为她在准备青少年超级大脑比赛，但实际上，她却和基思蹑手蹑脚地穿过粉丝群溜了出去。粉丝为她的新发型激动不已，哗啦啦把她围住，边念叨着"基思的姐姐"，边赞赏地抚摩她的头发。

"看见了吗？我的粉丝也是你的粉丝。"基思说。

来到公园，基思把敏带到鱼池边去做另一项极端重要的实验。"我想要知道鱼能否倒退着游。"他对敏说，一边从背包里拽出一段香肠。

"你所有的实验都是围绕香肠进行的吗？"敏问。

基思想了片刻，答道："对，绝大部分。"

他把几根线绑在其中一块香肠上，把它丢入池塘，然后又打着圈儿拽它。一有金鱼游过来，他就把香肠往反方向拽。

"鱼转向了，跟着香肠游呢，"敏观察到，"它们只是掉转方向，不是倒退。"

"嗯，从这个实验我们可以得出结论：鱼不会倒退着游。"基思说，"实验成功！待会儿回家后，我要把这一切都记录下来。啊，这就是学习的乐趣！怎么样，感觉超好吧？"

他们回家的路上，经过咖啡馆时，基思对敏说起前几天他怎样把咖啡吐到坐在他对面的男人身上。

"我敢说我可以把咖啡吐得更远。"敏说。

"你？"基思说，"那就证明看看！"

他们买了一杯咖啡，并且不光付了这杯咖啡的钱，也还清了上次欠布鲁斯的咖啡钱，还赔偿了被基思吐脏了衣服的那个人。接着他们肩并肩站着，各自吞下一大口咖啡，然后吐出去。基思的那一口往前直射出去，"尝起来还是很恶心。"他说。

然后轮到敏，但敏的咖啡只是沿着下巴往下滴。

"你看起来就像一头在喝汤的骆驼。"基思大笑着说。

敏又吞了好几口，但那些咖啡要么就是淌到她胸前，要么就是落在地上。基思笑得都直不起腰来了。

"把嘴噘得厉害些，"他说，"就像你真的非常讨厌咖啡那样。来吧，讨厌它，就像我一样讨厌它。"

敏喝下特别大的一口，然后用力缩拢嘴唇。一道巨大的棕色抛物线从她的双唇间涌出，像利剑般割裂空气，劈向一个正在跑步的人。

"嘿，长眼睛了吗？！"跑步者吼道。可是敏和基思已经跑掉了，一边跑一边笑个不停。

"我以前从没把咖啡吐在跑步的人身上过。"敏气喘吁吁地说，她笑得更厉害了，"真神奇，难以想象这么多年我错过了多少事情。"

他们一路跑到老基思的货船那里，老基斯正待在甲板上。

"嘿，今天刮的是什么风？我的俩宝贝孙儿竟然一起来看我。"他边说边抱住他们，"我都记不起来上一回我们仨一起待在'漂流者'上是什么时候了。太棒了！我们来庆祝一下吧。"

老基思做了好多薯片三明治，堆得像山一样高。他们三个人狼吞虎咽地吃着，花生坐在了敏的肩上，彬彬有礼地啄着她的新"波波头"。接下来他们一起看了几集《米特和图威》，

基思给敏讲了一些有趣的幕后花絮。

太阳开始西沉，夏日黄昏的光线变成了温柔的金色，基思和敏躺在"漂流者"的屋顶上，盯着天空看。一团聚拢的小虫子在高处起舞，像一朵小小的云，仿佛在为他们表演。

"2 加 2 等于几？"基思问。

"576。"敏说。

"蒙古国的货币是什么？"

"我的裤子。"敏说。

"很好，你逐渐开窍了。"基思说。

"我觉得我可能要小睡一会儿。"敏一边说，一边闭上了眼睛，仿佛神游进了一个平静的世界。

"我会让你睡上不止 23 分钟，"基思悄声说，"是给你今天表现的奖励。"

第二十四章
健康嗅探器

他们回到家时，爸爸妈妈正在厨房里做晚餐。

"你的头发怎么了，敏？！"妈妈说，"我可没同意你剪头发！谁逼你的？"

"你看上去完全不一样了。"爸爸说。

"我也觉得我完全不一样了。"敏说。

基思看着自己的姐姐，觉得她简直在发光。她正在散发出纯粹的敏范儿——不再疲惫或是紧张，而是灿烂的、笑盈盈的、快乐美好的。

这启发了基思着手研究一项新的发明——健康嗅探器。他听说有些经过训练的狗能闻出人们身上的疾病，那么或许一个人的健康也可以被闻到，比如敏此时正在散发着明显的美好状态的气息。他们家没养狗，但基思可不会因此就退缩不前。

当天晚上，基思在自己房间里造出了一个底部狭窄的大漏斗。他把漏斗罩在鼻子上，闻了闻他的香肠实验，闻起来带着肉味儿，还有一点儿霉味儿。他闻了闻他那只最旧的泰迪熊特里弗，它都被扔在床底下好几个月了，或许是好几年了。

透过特里弗满身的尘土味儿，基思仍然能闻到曾经熟悉的味道，这股味儿让他觉得放松而亲切。没有其他东西可以闻了，家人都睡着了。基思突然觉得累了，他把背包里装满明天要用到的东西——明天就是青少年超级大脑比赛的决赛了——然后钻入被窝，沉沉地睡着了。

基思在粉丝的歌唱声中醒来。他们挥舞着横幅，上面写着"别放弃做基思""就是基思"。

"他们还在唱你的名字，基思。"爸爸说，"你应该跟他们说过你不会出现在决赛里了，对吧？"

"是的，"基思说，"全部按你的吩咐去做了。"

敏出现了，穿着开衫，干净整齐。

"看上去很可爱嘛，敏。"爸爸说，"你准备好迎接胜利了吗？你当然准备好了。"

敏飞快地朝基思扬了扬眉毛，基思也对她眨了眨眼，悄悄微笑。

在演播室里，敏被带到自己专属的更衣室。妈妈给她别上好运卡，爸爸则在她耳边喋喋不休："跟我念，敏。'我为赢而生，我喜欢赢；我为赢而生，我喜欢赢……'"

有人敲门。

"还有 15 分钟就要录制了。"制片人说。

"时间差不多了，你们可以走了。"敏说，"我会好好的。"

"赢是头等大事。"爸爸说。

"胜利将属于你。"妈妈说。

"我要上厕所。"基思说。但他并没有去厕所。

基思确定爸妈已经离开更衣室，去往观众席后，又回来找敏。"咱们去跟帕特森·帕特森打个招呼吧，"他对敏说，"他就在隔壁。我想要对他试试我的新发明，确保他是人类，你说过他是机器人，咱们去确认一下。"

敏还没来得及阻止他，基思就已经敲响了帕特森·帕特森更衣室的门。帕特森·帕特森打开门，巨大的个头儿堵住了门框。他直愣愣地立在那里，毫无表情，波浪般的头发完美地飘拂着，眼睛又黑又深邃，就像鲨鱼的眼睛，或是深不见底的池塘。

"什么事？"他问。

"嗨，我是基思，这位是……"

"我知道你是谁。"帕特森·帕特森说，"你就是那个扰乱了我第一轮比赛的小丑；那个只得了一分，却靠要把戏通关到决赛的傻子。"

"要把戏？"基思说，"我是靠人气回来的。怎么样？你也有搞不清楚状况的时候。算了，不跟你计较，我们是来问好的，看看你状态怎么样，希望你好运。"

"好运不是你希望有就有的。"帕特森·帕特森说，他池塘一般的眼睛眯起来。接着他注意到了基思握着的大漏斗。

"那是什么？"他问，"等等，你在做什么？！"

基思举起健康嗅探器，对准帕特森·帕特森，深深地吸了一口气。

"你怎么敢用那玩意儿闻我？"

"我不过是给你做一个小小的健康检查，没必要这么紧张吧。"基思说，"我们得走了，敏要继续准备。我爸爸说我不能参赛，但他说他的，我可是要全力以赴试一把。"

"你真是疯了，基思。"回到自己的更衣室后，敏说，"你知道他不是机器人，只是他表现得像个机器人，对吧？"

"我知道。通过健康嗅探器，我什么都闻到了，甚至闻出了一些别的，一股滑稽的味道、轻微的汗味儿和类似大人的味道，就像爸爸用吸尘器清洁楼梯时的味道。太有趣了。"

敏把基思推到外面，开始换衣服。几分钟后她现身了，开衫不见了，她穿上了高领衫，她全身从上到下都是黑色的。

"你真酷。"基思说，给了她一个拥抱。

"嘿，当心墨镜！"敏笑着提醒。

"记得我教你的一切，"基思说，"别担心你会怎样表现，别担心爸妈怎么想，只要随意自然就好，你会令人惊叹的。我就在你身后，相信我！"

"没问题，我可以做到。"敏微笑，"我会表现得更像基思一些。"

"没错，就这样做，"他说，"表现得更像基思一些。"

第二十五章
决赛开始

　　基思和爸爸妈妈在演播室的观众席上等待着，老基思也在，穿着紫色披风，肩膀上栖息着花生，他旁边坐的是基思最好的朋友汤姆。基思的头号粉丝——那些在他家前院扎营好几天的人——都散落着坐在观众席里：前摔跤手大块头、牛奶人、有8只智利"喷嚏兔"的苏格兰家庭。在更远的地方，坐着好几百名激动的粉丝，每个人都在唱"不能阻止基思"。

　　"基思跟他的粉丝说过他不会出现，"爸爸说，"为什么他们还在为他呐喊？"

　　"他在哪儿？"妈妈问。

　　没时间找基思了。灯光暗了下去，一个声音在演播室回荡："女士们，先生们，孩子们，欢迎来到青少年超级大脑比赛的决赛现场！"

　　主题音乐响起，观众热烈鼓掌。现场气氛更像是摇滚音乐节，而不是天才儿童比赛。

　　旁白再次响起："下面欢迎我们的主持人，罗伯特·罗宾逊。"

罗伯特·罗宾逊穿着合身而笔挺的灰色西装迈向舞台，脸上的表情像石头一样严肃。他在主持人的席位上落座。

"现在，决赛选手出场，"他说，"有请帕特森·帕特森和敏·基思欧弗森。"

两名年轻的天才在掌声中出场。帕特森·帕特森穿着皮夹克和深色牛仔裤，走在他身后的是敏。

"她穿的是什么呀？"妈妈惊叹道。

敏一身黑的行头看上去格外利索，她顺滑的"波波头"在演播室的灯光下闪闪发亮，她的双眼隐藏在巨大的墨镜后面。

"以及人气超高、应观众要求回来参加比赛的外卡选手，请欢迎基思·基思欧弗森！"

观众腾一下站起来，欢呼，吹口哨。聚光灯搜寻着舞台，音乐响亮而刺耳，兔子们打着喷嚏——可是基思在哪儿？人们开始嘟囔："他在哪儿？"接着嘟囔声变成了喊声，零星的喊声越来越多，直到每个人都在喊："基思！基思！基思！基思！"震得演播室都摇晃起来。

帕特森·帕特森虎视眈眈，敏露齿而笑。依然不见基思。

"可能基思决定不参赛了。"罗伯特·罗宾逊说。

"我告诉他别来了，"基思爸爸一边说，一边站起身，"我不想让他出丑。"

观众朝他使劲地发出嘘声，有人吼着"卑鄙的家伙"，还有人依然重复呼喊着"基思"，直到罗伯特·罗宾逊抬起手。"这样的话，我们就继续了。"他说，"请大家都安静下来，第一轮比赛现在开始。"

他举起问题卡……

"别这么心急，罗布！"一个声音响起。观众张开了嘴，几乎不敢呼吸。聚光灯直射向演播室后方，一个男孩站在那儿，头发梳得老高，穿着毛外套，格子长裤，还有——他把脸抹成了蓝色！

"我想我还有些天才想法要展示。"

"基思！"观众席爆发出山呼海啸般的喊声，所有人都跳起来，鼓掌欢呼。

"他变成蓝色的了。"妈妈懊恼地低语，"他为什么把自己搞成蓝色的？"

基思缓缓穿过观众席，不时跟大家击掌、鞠躬、挥手，然后来到舞台，坐在了敏旁边的位置上。

"你看起来好酷。"敏悄声对他说。

但不是每个人都欣赏他。"你不能让他参赛，他看上去太不成体统了，"帕特森·帕特森说，"他的脸弄成蓝色，这一定违反比赛规则了。"

"这是凯尔特战士的打扮，"基思说，"他们在打仗之前会用颜料把自己染蓝，我觉得这种装扮能凸显我的眼睛。"

帕特森·帕特森哼了一声。罗伯特·罗宾逊再次抬起手，观众席安静了。

"很抱歉，关于着装并没有专门的规定，"他说，"我对此无能为力。现在，让青少年超级大脑决赛开始吧。"

第二十六章
基思出马，好戏开场

第一轮是数学。帕特森·帕特森应对自如，就像一个机器人，答得迅速又准确。他得到了九分。

敏是下一个。基思的粉丝大叫："基思的姐姐！基思的姐姐！"基思看不到她藏在墨镜后的表情，可是她的肩膀看上去是紧绷的。

罗伯特·罗宾逊开始连珠炮般地问问题了，敏出于习惯说着正确答案。她只答错了一道题，得到了八分。

"怎么回事？"敏坐回基思旁边时，他悄声问。

"对不起，我有点儿害怕，我太习惯把问题答对了。"

"你应该随口胡答，失败，寻开心。"他说。接着，他呼地一下拿出健康嗅探器，朝敏深深吸了一口气。

"现在的你闻起来明显带着酸味儿和紧张味儿，"基思说，"不妙啊，敏，记住我对你的训练，表现得更像基思一些！"

敏迅速点了点头。接下来，该基思上场了。

"你的一分钟开始了。"罗伯特·罗宾逊说，"33 乘以 6

除以 3 的平方是多少？"

"64？"基思说。

显然不是。观众欢呼起来。

"为什么他答错了他们还那么激动？"基思的爸爸问，"他们都没有理智吗？"

"（-5）乘以（-5），减 12，加 43 得多少？"

"64？"基思说。

显然不是。观众再次欢呼。

每一道题基思都回答"64？"到最后一题，所有观众都大喊"64？"然后鼓掌大笑。

"基思·基思欧弗森，你得到了一个大大的零分。"罗伯特·罗宾逊在这一轮结束时说。

观众席上发出一阵呐喊："我们爱你，基思！"

"真是荒唐。"基思的爸爸喃喃道。基思的妈妈则皱着眉，不住地摇头。

"第一回合结束，帕特森·帕特森领先。"罗伯特·罗宾逊说。

"我想，现在是时候拿出我的吉祥物了。"基思说。他在背包里翻找，然后把一段插着脚指甲的香肠放到桌面上。

"真是太恶心了。"帕特森·帕特森捏着鼻子说。

"正式介绍一下，这是我极端重要的实验之一。"基思说。

"我们继续吧。"罗伯特·罗宾逊说。

"慢着，罗伯，你又在催了。"基思说，"我本来打算吃点儿零食的，思考让我饿得快。"基思从他桌下拿出一个"碗"。

"这是我用涂了清漆的过期面包做的。"他说。

观众席里发出一阵"哦——"和零星的掌声。

他在"碗"里倒入麦片，冲入牛奶，然后迅速拿出某种介于梳子和勺子之间的东西。

"这是我的吸吮叉，"基思说，"我的又一项发明，吃糊状食物的绝配。PP，你要不要试试？"

"PP，试一下！"有人吼道。

"对啊，试一下吸吮叉，PP！"又有一个人喊道。

"我的名字是帕特森·帕特森。"帕特森·帕特森生气地说。

"你的名字是'怕太黑·怕太黑'？"基思说。

观众笑得前仰后合。

"够了！我们继续比赛吧。"罗伯特·罗宾逊说。

"好的，罗布，"基思说，"等我戴上我的头脑冷却装置。"

基思再次在桌面下翻找，拽出了'基思的防热头饰'。这是一根头带，上面有两条电线，每根线的末端都有一个小风扇。基思把它套在头上，打开风扇，然后试着解开绕成一团的电线。

"我来帮帮你吧。"老基思说，一边大踏步走上舞台。

"谢谢。"基思说，"我们的脑袋太热时是无法正常思考

的，我有一次戴羊毛帽参加数学测验时发现了这点。"

"观众请勿进入选手区。"罗伯特·罗宾逊说。

老基思赶紧坐回自己的座位，花生则低低地飞翔在参赛者们头上，一边嘎嘎叫道："芝士薯条，芝士薯条。"

此时，帕特森·帕特森开始坐立不安，不停摇头。

"真荒唐，"他说，"这儿有没有人管？"

"放轻松，PP。"基思说，"大家都是来玩儿的，我们正在享受这愉快时光，你何不也加入进来呢？"

"我知道你心里打的什么算盘，基思欧弗森，你想用你那低级的脚指甲香肠和蓝脸来阻挠我获得胜利。你死了这条心吧，任何事都干扰不了帕特森·帕特森。"

就在这一刻，花生飞过，滴下了一小团白色污渍，正好落在帕特森昂贵的皮夹克上。

"哦，看呀，PP，"基思说，"这可是好运的象征。"

第二十七章
识破帕特森

下一轮是词语问答。

敏迈上答题台，摘下墨镜。"我准备好了。"她说。

她的"准备好"，意思是准备好对每一个问题都回答"哔哔""迪迪喏""格里登"。最终她得到了零分。

观众起初震惊到说不出话来，然后终于明白发生了什么。一阵欢乐的浪潮席卷演播室，伴随着"基思的姐姐"的呼喊声。

"她在做什么？她在做什么？"爸爸惊呆了。

妈妈腾一下从座位上站起来，大声喊道："敏，没有天才会这样，你知道自己在做什么吗？你是在抛弃胜利。你到底怎么了？赢才是最重要的事！"

但敏只是把墨镜戴回脸上，坐回座位。帕特森·帕特森僵硬地跟她擦身而过。

"轮到我了，看我怎么大展身手。"他说。

"放轻松，帕特森。"有人喊道。

"来点基思范儿。"又有人喊。

"第一题。哪个单词是以l开头，10个字母，形容悲伤阴郁的人？"

"漏了！"观众席里有人喊，"你的碗在漏，基思。"

是牛奶人，就像他说的，基思的面包碗并没有像他期待的那样防水，牛奶正滴落到地板上。

"我来帮忙吧，"牛奶人说，"我做过许许多多关于牛奶泼溅的试验。"

在浸满牛奶而膨胀的面包和麦片的诱惑下，那些智利"喷嚏兔"跳到基思身后，兴奋地打着喷嚏。

"老天爷呀！"老基思喊道，"这是兔子堆！"

观众高兴得大叫，谁不喜欢兔子堆呢？而帕特森·帕特森就是那个"谁"，他的脸色变得苍白。

"我讨厌兔子。"他嘟囔道，一边爬到桌子上，"它们病了吗？为什么打喷嚏呢？我可生不起病，这太荒唐了，我没法儿承受这样的状况。"

"你看起来不太舒服。"基思说，"我帮你检查一下吧。"

基思从桌下呼地拿出健康嗅探器，再次对准帕特森·帕特森，吸了一大口气。

"跟早些时候一样，"基思说，"有种不太好闻的成年人味道，就是大人们身上那种汗津津的味道，不像青少年超级大脑比赛选手的正常味道。你不到14岁，对吗，PP？"

"你在说什么？"帕特森·帕特森问道。

"我在问，你不到14岁吧？"

帕特森·帕特森开始喘粗气。

"怎么了，PP？你平时回答问题总是很快的呀。"基思说，"我再问一遍，你不到 14 岁吧？"

"基思·基思欧弗森，你够了。"罗伯特·罗宾逊说，"请安静。"

"不，"基思说，"我不会安静。现在不会。"

他跳上帕特森·帕特森旁边的桌子，直勾勾地盯着他。

"我一直觉得你有点儿不对劲，PP，这回，凭借我的健康嗅探器，我终于搞清楚了。"

基思转身面向观众。

"所有人！我相信，这位帕特森·帕特森起码有 16 岁了。他的味道出卖了他。这意味着，帕特森·帕特森是没有资格站在这里的，因为这个比赛只针对 14 岁以下的选手。"

观众目瞪口呆。

"垃圾！"帕特森·帕特森吼道，用他黑色的池塘一般的鲨鱼眼盯着基思的蓝脸，"你的证据呢？"

"健康嗅探器不会说谎。"基思说。

"那并不是合理的证据。"

"足够合理。"基思说。

"帕特森·帕特森，你是14岁以下吗？"罗伯特·罗宾逊问，他的气势似乎严厉到足以让玻璃碎裂，"基思是对的吗？你现在可以把他这些愚蠢的指控放到一边去，只要简单地告诉我们事实就好。"

演播室鸦雀无声。所有的眼睛都看向帕特森·帕特森。他用力吞咽着唾沫,紧张不安地往周围看了一圈,似乎想要说点儿什么。谁知他却在大家还没反应过来的时候,嗖地跳下桌子,跑了。

"封锁现场,"基思咆哮道,"就现在!这里出现了一匹脱缰的马!"

第二十八章
结 局

帕特森·帕特森朝演播室的后门跑去，基思的一些粉丝跳起来，把门关紧，堵住了他的退路。

帕特森·帕特森突然转身冲入观众席，在椅背之间跳跃。他在跑到一半时跌落在地板上。有人在喊："捉住他！捉住他！"可是他从人们的手中挣脱，又跑下观众席，却突然尖叫着停了下来。他的去路被8只智利喷嚏兔堵住了，它们在他面前站成一排。

"阿——嚏！"

兔子们正对着他，恰好在同一时刻一齐打了个喷嚏。

"我恨兔子！"PP尖叫道，再次跑开。

"别让他跑了！"基思喊道，并且把吸吮叉扔向他，但没有扔中。

敏抓住他的皮夹克，可是PP脱了外套，继续跑。

"拦住他，他要跑掉了！"她吼道。

基思把手伸到背包里，掏出——一罐马麦酱。

"打开门！"他大喊。

"可是 PP 会逃掉的！"敏喊回来。

"按我说的做！"基思喊道。于是门被用力推开了。

接着基思把两根手指插入嘴里，吹了个口哨。

片刻里，什么事也没发生，一秒钟，两秒钟，然后，一大片灰色的云扑啦啦从门外灌入——是鸽子，许许多多的鸽子。它们为心爱的马麦酱而来，心甘情愿为那个举着马麦酱的天才男孩效劳。

"抓住他！"基思吼道，一边指着沿着演播室逃跑的 PP。

鸽子们呼啸着朝帕特森·帕特森扑去，啄向他完美的发型。他疯狂地挥舞着胳膊，试图把鸽子赶走。

"牛奶人，用一下你的牛奶。"基思喊道，"大块头，使上你的摔跤动作。"

牛奶人冲上前来，把大量牛奶倒在 PP 跟前的地板上。PP 正好冲入其中，开始打滑，接着——

霍！

大块头纵身往前一拱，把 PP 撞向地板，坐在了他身上。

"做得好！"基思说。

"了不起！"敏说。

"万岁！"观众欢呼道。

"放开我。"帕特森·帕特森喘息着说道，"我是个天才。"

"伙计，你不过是个失败者。"大块头说。

一大群人聚集过来。大块头终于从帕特森·帕特森身上下来，让他站起来。帕特森·帕特森一副心虚的样子，完美的发型此刻已变得乱糟糟的，白T恤也弄脏了。

"你有什么要解释的吗？"罗伯特·罗宾逊问。

帕特森·帕特森摇了摇头。

"你为什么要这么做？"基思问，"我想大家需要个解释。"

"我想要赢，"帕特森·帕特森回答道，"我不想因为我16岁了就放弃天才比赛。要是我不为了赢而努力，我还能做什么？"

"你可以去公园走走，或是看几集《米特和图威》，或是做一些极端重要的实验和发明，有许许多多你可以做的事，赢不是一切。给，试试我的防热头饰吧。"基思说，一边脱下头饰，递给帕特森·帕特森。

"如果你感兴趣，我可以教你怎么做这种天才玩意儿。虽然你有点儿烦人，但我还可以接受。你只是需要表现得更'基思'一些。"

帕特森·帕特森被领走时回过头看了看基思，对他轻轻点了点头。基思也对他点头致意。

"下次你做这些天才装置还有去公园的时候，我也要一起。"敏说，"从现在开始，我想像你一样自在。"

"你在说什么，敏？"妈妈问。

"我想要一些休息的时间，用来放松，用来做自己。"她说，"我不想要那些压力了，我不想无休无止地学习了。我想要跟基思一起，随便闲逛，寻开心。"

"可你是个天才儿童啊。"爸爸反对道。

"嗯，我情愿不要那么天才，只是做一个普通的孩子。求求你们了。"敏说，"除了比赛，生活还有更多有意思的事情。如果你们因为我这次没能拿到冠军而送我去集训班，我可以接受，但集训班结束之后，我要换一种生活方式。"

"或许，你们可以把送敏去集训班的钱拿出来，我们四个人一起去度个假。一家人，一起去。"基思说，"怎么样？"

爸爸妈妈看上去惊呆了。

"给他们一分钟，让他们想清楚。"老基思说，一边把敏和基思带去了主持人那里。

"嘿，罗伯特·罗宾逊，既然现在帕特森·帕特森失去了资格，你会把那座大奖杯给谁？我得说一句，凭借我的孙儿们为坚持真理、发挥创意和享受生活所付出的努力，他们都是名副其实的胜利者，你说是不是？"

罗伯特·罗宾逊思考了一秒钟，然后拿起那尊闪闪发亮的巨大奖杯，严肃地点了点头，递给了基思。基思接过奖杯，凝视了它片刻。在奖杯金色的杯身上，他看到自己的蓝色面孔在打量着自己。接下来他转身面对观众，把奖杯高高举过头顶，观众席发出了震天的欢呼声。

第二十九章
多有趣的一天

接下来的两个小时，本应该举行青少年超级大脑比赛决赛的演播室成了一场大派对的现场。牛奶人可劲儿地表演，一个制片人跟他承诺让他参加一次综艺秀；老基思的双肩上各趴着一只兔子，他在跟基思的粉丝们一起伴随着《基思在前进》的曲子跳舞；前摔跤手大块头身上落满了鸽子，他愉快地喂它们吃马麦酱。

敏拿着插着脚指甲的发霉香肠，绕着演播室追着人跑，边跑边兴奋地大笑。

"这实在是太好玩儿了！"她大声喊道，然后把香肠朝基思扔过去，香肠正好戳入基思尖刺般的头发里，就像刺猬背着一块棉花糖。

过了好一会儿，基思抬起头，发现爸爸妈妈在他们的座位上凝视着他。他们在微笑。不是他在敏的获奖照片中看到的那种灿烂的笑容，而是另一种快乐的笑容。

他奋力挤过人群，来到他们跟前。

"我们在尝试理解这一切。"妈妈一边说，一边从他头发里把香肠拔出来，"可能我们把敏逼得太狠了，可能我们忽视了你。你那些神奇的实验，真是太不可思议了。你居然能用那个闻东西的锥形玩意儿，揭发帕特森·帕特森是个骗子。"

"健康嗅探器。"基思说。

"是的，那东西。"妈妈说，"真了不起，我们为你骄傲。"

"真的吗？"基思说。

"是啊，非常骄傲，孩子。"爸爸说，"我们现在意识到了，天才不止一种形式。你也许不像敏，但你同样是个天才。"

说完，他摸了摸基思的头发："好扎啊，你往头发上抹了什么？"

"清漆。"基思说，"它的用途很广。"

敏嗖地跑过，喊着"你们永远不可能捉到我"，她身后跟着8只智利喷嚏兔。但接下来她就被绊倒了，摔在地上，兔子们都跳到她身上去，兴奋地依偎着她。

"起初是兔子堆，接着是兔子叠叠乐。真是好时光啊！"老基思说着，加入了他们。

基思拥抱了爷爷和爸妈，花生吵闹地嚷嚷着"卡芒贝尔奶酪"。派对热闹地持续了好一段时间，直到后来演播室经理要求大家都回家，他们要清理现场，好录制一场厨艺节目。

在回家的路上，基思高兴地感叹。

"这是有史以来最有趣的一天。"他说，"更不用说我们还赢了。瞧瞧这座奖杯，多漂亮！"

"那是不是意味着我不用去集训班了？"敏问。

"当然。剩下的夏天你就尽情玩儿吧。"爸爸说。

"况且你的头发也短得没法跳芭蕾，"妈妈说，"你和基思可以一起消磨时间。你们想不想一起去参加发明家大会？要不我们大家一起去如何？你们觉得呢？"

"好呀！好呀！好呀！"基思说，"我希望跟你们一起去。我会用我的奖金来支付路费的，记得吗？我还有奖金！"

"好极了，基思。去过发明家大会之后，我们就绕着法国转一圈，好好度个假。"爸爸说。

"那简直太棒了。发明家大会将让你们大开眼界，有太多神奇的发明可看。我可以带上我的吸吮叉，看看那些天才发明家们对它有什么想法。"基思高兴极了。

他朝着车外大喊："我要去发明家大会了，哇啊啊啊——"

大家都笑了。

"基思，我还想看看你特别喜欢的那部侦探片，"妈妈说，"叫什么名字？《米花和秃顶》？"

大家再次大笑。

这是头一回，他们四个一起开心地笑这么长时间。直到车子拐进了他们居住的街道，笑声突然停止了——有好几百个粉丝在他们家周围走来走去，其中有些人把自己的脸涂成了基思那样的蓝色。

"又来了！"爸爸叹了一口气，"基思，我确定一定以及肯定你是个不可思议的天才，你也是一个了不起的发明家，但我没法儿忍受这些粉丝老待在咱们家门外。你必须让他们走开。"

敏和基思走出车子，粉丝向他们跑来。他们想要拍照，他们更想要《基思之书》。

"基思，我们需要看到你的天才智慧，"他们说，"你什么时候可以分享给我们？"

"我该怎么办，敏？"进了屋，基思说，"他们都在等《基思之书》，但我还没写完呢。"

"要让他们走还不简单？"敏说，"还以为你的鬼点子比我多呢。"

她跑到楼上基思的房间，拿下来一瓶褐色的液体。

"如果这东西都赶不走他们，那我真不知道还有什么办法了。"敏说。

"'氧气面罩——天才的味道'。我怎么没想到？"基思说，"谢谢你，敏。"

　　"不，是我要谢谢你，基思。"敏说。她在打开房门前迅速地拥抱了一下基思。

　　"现在，是时候放出'臭气弹'了。"

　　基思咧嘴笑了。他抓过瓶子，迈出了房门。